Fabian Lenk

1000 Gefahren in der Wildnis

In der Reihe „1000 Gefahren“ sind erschienen:

RTB 52340 · Edward Packard, *Die Insel der 1000 Gefahren*
RTB 52343 · Edward Packard, *1000 Gefahren zur Geisterstunde*
RTB 52344 · R. A. Montgomery, *Der Urwald der 1000 Gefahren*
RTB 52345 · Fabian Lenk, *Das Meer der 1000 Gefahren*
RTB 52346 · Fabian Lenk, *Die Pyramide der 1000 Gefahren*
RTB 52361 · Fabian Lenk, *Das Fußballspiel der 1000 Gefahren*
RTB 52363 · Fabian Lenk, *Die Wüste der 1000 Gefahren*
RTB 52366 · Edward Packard, *1000 Gefahren im Weltall*
RTB 52396 · Fabian Lenk, *1000 Gefahren auf dem Piratenschiff*
RTB 52397 · Edward Packard, *1000 Gefahren im Strafraum*
RTB 52407 · Fabian Lenk, *1000 Gefahren im Gruselschloss*
RTB 52408 · Frank Stieper, *1000 Gefahren – Angriff der Roboterspinnen*
RTB 52426 · Frank Stieper, *Das Labor der 1000 Gefahren*
RTB 52437 · Frank Stieper, *1000 Gefahren im Internet*
RTB 52463 · Fabian Lenk, *1000 Gefahren in der Drachenhöhle*
RTB 52474 · Fabian Lenk, *1000 Gefahren bei den Rittern der Tafelrunde*
RTB 52475 · Edward Packard, *1000 Gefahren am Katastrophentag*
RTB 52498 · Fabian Lenk, *1000 Gefahren im alten Rom*
RTB 52501 · Fabian Lenk, *1000 Gefahren im Reich des Pharao*
RTB 52516 · Fabian Lenk, *1000 Gefahren im Fußballstadion*
RTB 52526 · Fabian Lenk, *1000 Gefahren bei den Dinosauriern*
RTB 52541 · Fabian Lenk, *1000 Gefahren bei den Indianern*
RTB 52542 · Fabian Lenk, *1000 Gefahren im Reich des Maharadschas*
RTB 52549 · Fabian Lenk, *Das Handy der 1000 Gefahren*
RTB 52550 · Fabian Lenk, *Die Safari der 1000 Gefahren*
RTB 52555 · Fabian Lenk, *Agent der 1000 Gefahren*
RTB 52556 · Fabian Lenk, *1000 Gefahren in den USA*
RTB 52567 · Fabian Lenk, *1000 Gefahren in der Wildnis*

Fabian Lenk

1000 GEFAHREN
DU ENTSCHEIDEST SELBST!

1000 Gefahren in der Wildnis

Mit Illustrationen
von Rolf Bunse

Ravensburger Buchverlag

MIX
Aus verantwortungsvollen Quellen
FSC® C114500

Als Ravensburger Taschenbuch
Band 52567
erschienen 2016

Coverillustration: Stefani Kampmann
Innenillustrationen: Rolf Bunse
Lektorat: Andreas Rode

Printed in Germany

1 2 3 4 D C B A

ISBN 978-3-473-52567-6

www.ravensburger.de

Warnung!

Lies dieses Buch nicht in einem Zug von vorne bis hinten durch. Es enthält verschiedene Abenteuer, die du in der Wildnis des brasilianischen Urwalds erleben kannst. Von Zeit zu Zeit kannst du beim Lesen zwischen verschiedenen Möglichkeiten wählen. Wenn du dich für einen Weg entschieden hast, dann folge den Anweisungen, um herauszufinden, was als Nächstes passiert.

Aber Vorsicht! Im Urwald lauern viele Gefahren. Es gibt Tiere, für die du leichte Jagdbeute bist, und Pflanzen, die wunderschön aussehen und doch eine tödliche Wirkung haben. Nicht einmal allen Menschen, denen du begegnest, kannst du trauen. Du triffst auf verwegene Goldsucher, habsüchtige Großgrundbesitzer und skrupellose Revolvermänner. Manch einer, der freundlich tut, ist dir in Wahrheit keineswegs freundlich gesonnen – denn die Gier nach Gold und Profit kann aus Menschen Bestien machen. Überleg also gut, wem du Vertrauen schenkst. Denk nach, bevor du dich entscheidest. Wenn du einen Fehler machst, gibt es kein Zurück! Dein Überleben hängt von deinem schnellen und guten Urteilsvermögen ab.

Viel Glück!

Was für ein Land! So grün und weit. Ein schier unendliches Meer aus wogenden Baumwipfeln. Der brasilianische Bundesstaat Mato Grosso ist nur zum Teil erforscht und birgt ungeahnte Geheimnisse und Gefahren. Er ist ein Paradies für Tiere und Pflanzen.

Doch die Idylle ist gefährdet. Skrupellose Großgrundbesitzer roden den Urwald, um das Holz teuer zu verkaufen. Oder sie brennen die uralten Bäume nieder, um Platz für ihre riesigen Plantagen zu schaffen. Wer sich ihnen entgegenstellt, wird bedroht und muss sogar um sein Leben fürchten.

Menschen? Gibt's hier nur wenige. Mato Grosso hat eine Fläche von etwa 900.000 Quadratkilometern und ist damit fast dreimal so groß wie Deutschland. Aber in diesem riesigen Gebiet leben nur drei Millionen Menschen!

Tja, und einer davon bist du: Raffael. Jedenfalls für drei Wochen. Im Rahmen eines internationalen Feriencamps bist du zu Gast in Porto Cercado, einem Dorf in Mato Grosso.

Im Camp sind rund zweihundert Jugendliche aus der ganzen Welt. Ihr alle freut euch auf spannende Abenteuer im Urwald. Unter anderem sind Expeditionen in die grüne Hölle des Dschungels und Touren auf den zahlreichen Flüssen geplant. Ihr wollt seltene Tiere beobachten, fotografieren und filmen. Du weißt, dass es hier eine Menge gefährlicher Tiere gibt, aber gerade das reizt dich. Du kannst es kaum erwarten, bis die Expedition beginnt.

Lies weiter auf Seite 107

Als der Mann fast vor dir steht, springst du ihn an. Er reißt die Pistole hoch, aber du bist schneller und versetzt ihm einen hübschen Faustschlag. Der Pistolero sackt in sich zusammen. Du schnappst dir seine Waffe, springst auf die Tonne und von dort auf ein Flachdach am Rand des Hofes. Hier legst du dich auf die Lauer, die Pistole im Anschlag.
Der wie verrückt bellende Hund hat die anderen Pistoleros alarmiert. Im Hof finden sie ihren bewusstlosen Kollegen.
„Was ist los? Pennst du oder bist du mal wieder betrunken?", schnauzen sie ihn an. „Und wo ist deine Waffe?"
„Kommt, wir müssen los, das Dorf ausräuchern!", drängt der Mann, der gerade vom Boss zusammengestaucht wurde. Er steigt in eines der Autos und lässt den Motor an.
Du zielst und drückst ab. Die Kugel zerfetzt einen Reifen. Guter Schuss! Peng, peng, peng – du zerstörst die anderen Reifen.
Doch jetzt erwidern die Schurken das Feuer. Da schießt du auf den Tank des Pick-ups. Volltreffer! Der Wagen explodiert. Rasend schnell greift das Feuer auf die anderen Autos über, die Flotte des Sojabohnenkönigs wird zerstört. Im allgemeinen Chaos gelingt dir die Flucht. Du schaffst es bis zur Straße, wo dich ein netter Opa nach Porto Cercado mitnimmt. Dort berichtest du. Ines sorgt dafür, dass dem Sojabohnenkönig das Handwerk gelegt wird. Dabei ist deine Zeugenaussage Gold wert!

Ende

Ihr sitzt in der einfachen Fischerhütte von Ines' Eltern. Draußen rauscht der Rio Cuiabá vorbei, ein breiter Strom.
Ines' Eltern sind zu einem Fest gegangen, aber ihre Oma ist da. Sie sitzt in einem Schaukelstuhl und erzählt im Schein einer Petroleumlampe spannende Geschichten. Ihr hängt an ihren Lippen.
Die alte Frau ist dürr wie ein Zaunpfahl und sieht aus, als wäre sie über hundert Jahre alt. Ihr Gesicht erinnert dich an eine verhutzelte Pflaume. Doch die Oma ist ein Energiebündel, sie erzählt mit Händen und Füßen.
„Wisst ihr eigentlich, dass es hier eine berühmte Stadt geben soll – die Stadt des Goldes?", fragt sie jetzt.
Du bist sofort Feuer und Flamme. „Stadt des Goldes? Nein, nie gehört."
„Ich auch nicht", sagt Bob. Chiara schüttelt ebenfalls nur den Kopf.
Die Alte lächelt und zeigt dabei ihr höchst unvollständiges Gebiss.
„Sie heißt Manoa", wispert sie. „Die Stadt liegt im Dschungel von Mato Grosso und wurde einst von den Inka errichtet. Vor vielen Jahrhunderten wurden die Inka von den gierigen Eroberern aus Spanien angegriffen. Die Inka rafften ihr ganzes Gold zusammen und flohen in den Dschungel. Dort bauten sie Manoa, die Stadt des Goldes ..."
„Wo genau liegt dieser Ort denn?", fragst du.

Lies weiter auf Seite 97

„Ich werde ihn schnappen", kündigst du an. „Kannst du dich unterdessen um Chiara kümmern, Ines?"
„Natürlich, ich werde Heilkräuter sammeln und ihr einen Verband anlegen", erwidert sie. „Aber pass auf dich auf. Und komm bald zurück, damit wir Chiara nach Porto Cercado tragen können."
Du nickst. Dann läufst du los. Du kämpfst dich den Hang auch ohne Seil hinauf. Mehrfach rutschst du ab, aber schließlich hast du es geschafft. Als du oben bist, siehst auch du die halb vom Urwald überwucherte Stadt und die stattliche, stufenförmige Pyramide. Manoa – was für ein erhabener Anblick!
Doch du bist nicht hier, um die Aussicht zu genießen, sondern um einen skrupellosen Verräter zu schnappen.
Du kletterst auf der anderen Seite des Hangs hinunter und näherst dich vorsichtig der verlassenen Stadt. Sorgsam in alle Richtungen spähend schlüpfst du durch eines der mächtigen Stadttore.
Da vorn ist Bob! Er klettert gerade die Stufen zur Pyramide hinauf. Oben auf der Plattform ist ein Heiligtum der Inka, vermutest du. Und vielleicht gibt es da auch jede Menge Gold!

**Wenn du Bob folgst,
lies weiter auf Seite** **54**

**Wenn du unten auf ihn wartest,
lies weiter auf Seite** **111**

Am nächsten Morgen verlässt du allein das Camp. Du hast die Erlaubnis erhalten, dich in der Nähe der Zeltstadt umzuschauen, sollst dich aber nicht mehr als zweihundert Meter entfernen. Die Campleitung hat Angst, dass du dich verlaufen könntest.

Du versprichst, in der Nähe zu bleiben.

Schon immer hast du dich sehr für Pflanzen und Tiere interessiert. Nun willst du möglichst viele Fotos machen.

Bewaffnet mit deiner Kamera dringst du in den Dschungel vor. Du bist allein, allein mit der Natur. Trotz der frühen Stunde ist es schon sehr warm. Der Urwald dampft förmlich. Ha, da entdeckst du am mächtigen Wurzelwerk eines Baumriesen eine wunderschöne Pflanze mit einer roten Blüte. Sofort zückst du die Kamera und hebst sie vor dein Gesicht. In diesem Moment bemerkst du eine rasche Bewegung im Gebüsch links von dir. Du hältst inne. Was war das gewesen? Ein Tier? Oder etwa ... ein Mensch? Bist du doch nicht allein? Wirst du beobachtet?

Wenn du dich lieber um deine Fotos kümmerst, lies weiter auf Seite **76**

Wenn du nachsiehst, lies weiter auf Seite **103**

Das wollen wir doch mal sehen!, denkst du und prügelst mit dem Ast wild um dich.
Die Äffchen sind jedoch sehr schnell und geschickt und weichen deinen etwas unbeholfenen Attacken mühelos aus. Sie umringen dich und eines der Tiere springt dich von hinten an. Du greifst in deinen Nacken, um den Affen loszuwerden. Doch dabei verlierst du das Gleichgewicht und stürzt in die Tiefe …

Ende

Ja! Du wirst die legendäre Goldstadt finden. Immer dem Fluss nach, kein Problem! Und wenn du die Stadt erst einmal gefunden hast, bist du ein reicher Mann.
Aber teilen willst du das viele Gold nicht, also wirst du einen Alleingang wagen.
Gleich am nächsten Tag verlässt du in aller Herrgottsfrühe das Camp und schleichst zu dem kleinen Hafen des Dorfes. Du hast einige Flaschen Wasser, eine Machete und ein paar Butterbrote dabei. Du willst dir eines der Kanus der Dorfbewohner ausleihen und schnell verschwinden. Klar, die Campleitung wird furchtbar aufgeregt sein, weil du weg bist, aber das nimmst du in Kauf.
Schon sitzt du in einem Boot. Leinen los! Die Strömung des Rio Cuiabá trägt dich fort!
Gold, ich komme!, denkst du.
Doch dein heimlicher Ausflug dauert nicht lange. Fischer aus Porto Cercado entdecken dich und halten dich auf. Sie erkennen sofort, dass du ein Boot gestohlen hast und werden furchtbar wütend. Man bringt dich ins Camp zurück. Zur Strafe wirst du nach Hause geschickt. Was für eine Schmach!

Ende

Immerhin habt ihr ein Seil dabei. Also werdet ihr es schon schaffen, da bist du dir sicher.
„Okay, Bob, geh du voran!"
Dein Freund lässt sich nicht zweimal bitten. Mit dem Seil über der Schulter klettert er den Hang hinauf.
„Wenn ich oben bin, werde ich das Seil irgendwo befestigen. Dann könnt ihr euch daran hochziehen!", ruft er.
Schon ist er unterwegs.
Ihr beobachtet, wie Bob den Hang erklimmt und schließlich oben ankommt. Dort stößt er einen Schrei aus.
„Da liegt eine Stadt, die halb überwuchert ist. Das ist garantiert Manoa!", brüllt er. „Bald sind wir reich!"
„Das Seil, wirf uns das Seil zu!", fordert Chiara.
Bob bindet das Seil an einem Baumstamm fest und wickelt es ab. Das eine Ende baumelt wenig später vor euren Nasen.
Mit der Hilfe des Seiles kommst du gut voran. Auch die beiden Mädchen benutzen es, um den Hang zu erklimmen. Jetzt hängt ihr zu dritt am Seil.
Wenig später siehst du Bob. Er steht etwa zwei Meter über dir an dem Baum, an dem das Seil befestigt ist.
Plötzlich hebt er seine Machete.
„Ich habe keine Lust, mit euch zu teilen. Macht's gut!", sagt er böse.

Lies weiter auf Seite 20

Du sammelst die wertvollen Dinge ein und trägst sie Stufe für Stufe wieder hinauf in das Heiligtum.
In dem quadratischen Gebäude hoch oben auf der Plattform findest du eine Nische mit einem Schrein.
Dort legst du die Schmuckstücke ab und ziehst dich ehrfürchtig wieder zurück.
Am Fuß der Pyramide fesselst du den immer noch bewusstlosen Bob mit einer Liane. Dann weckst du ihn und treibst ihn zu Chiara und Ines.
Dort erlebst du eine Überraschung. Mit der Hilfe von Rauchsignalen ist es Ines geglückt, die Aufmerksamkeit einiger Holzfäller zu erregen. Diese sorgen dafür, dass die verletzte Chiara in ein Krankenhaus kommt. Und Bob? Der landet im Gefängnis!
Ines, Chiara und du vereinbart, Manoa mit keiner Silbe zu erwähnen. Dieser Ort bringt nur Unglück!

Ende

Noch am selben Abend fragt ihr nach. Dass ihr nach der legendären Goldstadt Manoa suchen wollt, erwähnt ihr aber vorsichtshalber nicht. Zu eurer Überraschung erlaubt die Campleitung euch die Expedition. Allerdings sollt ihr am Abend wieder im Camp sein.

Nachdem Ines euch gesagt hat, was ihr alles mitnehmen sollt, verabredet ihr euch für den nächsten Morgen um sechs Uhr an der Anlegestelle am Rio Cuiabá.

Pünktlich bist du mit Chiara und Bob dort. Ihr gähnt um die Wette, seid aber auch furchtbar aufgeregt.

Schon paddelt Ines in einem Kanu heran. Ihr verladet eure Rucksäcke, ein Seil und den Proviant. Dann legt ihr ab. Es geht los!

Die schlammigen Wassermassen des Flusses treiben euch voran. Unterwegs zeigt Ines euch typische Tiere ihrer Heimat: schwarze Brüllaffen, Nasenbären, Sumpfhirsche und unzählige Arten von farbenprächtigen Vogelarten, darunter grüne Mönchsittiche und blaue Hyazinth-Aras. Du schießt viele Fotos.

Nach einigen Stunden braut sich über euch ein Unwetter zusammen. Ines schlägt vor, an Land zu gehen und sich unterzustellen.

Bob und Chiara aber wollen weiter, denn die Zeit ist knapp.

**Wenn du auf Ines hörst
und die anderen umstimmst,
lies weiter auf Seite** **24**

**Wenn du Ines
mit deinen Freunden überstimmst,
lies weiter auf Seite** **71**

Ha, jetzt bist du ein reicher Mann! Du raffst die Beute zusammen. Aber wohin sollst du jetzt? Zurück über den Hang? Keine gute Idee, denn Ines und Chiara könnten dich sehen. Also wählst du eine andere Richtung. Während Bob noch selig schläft, schlägst du dich mit dem Gold in den Urwald. Irgendwann und irgendwo wird schon eine Straße oder ein Dorf auftauchen.
Leider irrst du dich in diesem Punkt. Das Einzige, was nach ein paar Stunden auftaucht, ist eine giftige Schlange. Du trittst unabsichtlich auf sie. Das findet sie nicht besonders lustig und beißt dich. Ihr tödliches Gift breitet sich rasend schnell in deinem Körper aus. Das Gold von Manoa hat noch keinem Räuber Glück gebracht.

Ende

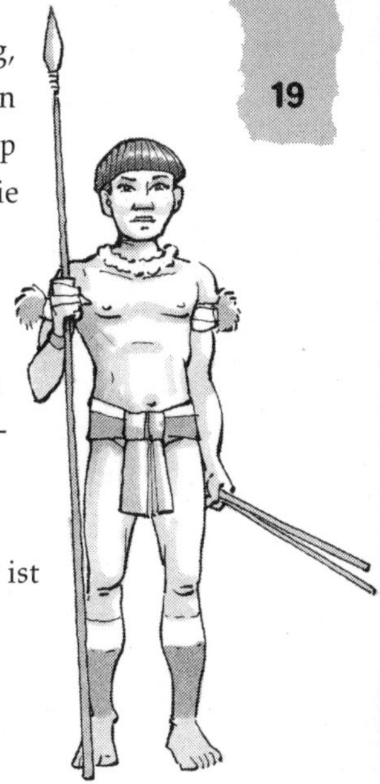

Du irrst umher, läufst mal in diese Richtung, dann in die andere. Du suchst nach deinen eigenen Spuren, die dich womöglich ins Camp zurückführen könnten. Doch du findest sie nicht mehr. Es ist zum Verzweifeln.
Plötzlich hältst du die Luft an. Vor dir steht ein dunkelhäutiger muskulöser Krieger. In der rechten Hand hat er einen Speer, dessen Spitze auf dich gerichtet ist. Der Gesichtsausdruck des Mannes ist maskenhaft starr.
Du fährst herum.
Doch da steht ein weiterer Krieger. Auch er ist mit einem Speer bewaffnet!

**Wenn du zu fliehen versuchst,
lies weiter auf Seite 26**

**Wenn du stehen bleibst,
lies weiter auf Seite 55**

Bob schlägt zu und kappt das Seil. Schreiend fallt und rollt ihr den Hang hinunter. Äste zerkratzen dein Gesicht und zerfetzen deine Kleidung. Du schlägst mit dem Kopf gegen einen Stein und siehst plötzlich eine Menge Sterne.

Endlich bist du unten angelangt. Mit schmerzverzerrtem Gesicht tastest du deine Knochen ab. Alles heil, ein Glück! Und die Mädchen?

Auch Ines ist weitgehend unversehrt, doch Chiara hat sich den Knöchel angebrochen.

„Bob ist so ein Mistkerl!", ruft sie weinend. „Wie kann er uns das nur antun?"

„Es ist die Gier, die ihn treibt, die Gier nach Gold", sagt Ines düster. „Was sollen wir jetzt tun? Chiara kann nicht mehr weiter …"

**Wenn du Bob verfolgst,
um ihn zur Rechenschaft zu ziehen,
lies weiter auf Seite** **10**

**Wenn du bei den Mädchen bleibst,
lies weiter auf Seite** **30**

„Danke für den Tipp!“, raunt Ines dir zu. „Das könnte ein Pistolero sein.“
„Ein was?“
„Ein Auftragskiller“, erklärt Ines. „Es gibt hier einen sehr reichen Mann namens Diogo de la Morena, der uns unser Land nehmen will, um dort Sojabohnen anzupflanzen. Wir wollen aber nicht verkaufen. Morena ist dafür bekannt, dass er die Leute ausschaltet, die ihm im Weg sind. Bestimmt hat er den Kerl auf dem Dach in unser Dorf geschickt!“
Dann flitzt sie zu ihren Eltern.
Kurz darauf kannst du beobachten, wie einige Männer mit Knüppeln das Haus umstellen, auf dem du die Gestalt gesehen hast. Da ist der Typ wieder! O Gott, er zielt auf einen der Bauern!

Wenn du schreist,
lies weiter auf Seite 28

Wenn du versuchst,
den Mistkerl mit einem Stein zu treffen,
lies weiter auf Seite 109

Wenige Minuten später krachen mehrere Schüsse. Auf dem Dorfplatz bricht Panik aus, die Leute suchen Schutz. Auch Ines und du werft euch zu Boden.
Peng! Eine Kugel bohrt sich in die Zapfsäule der Tankstelle. Eine gewaltige Explosion folgt, eine Stichflamme schießt in den Himmel. Trümmer regnen, Schreie gellen. Ein brennendes Trümmerteil durchschlägt das Dach einer Hütte, die sofort Feuer fängt.
„Nein!“, hörst du Ines brüllen. „Das ist unser Haus. Dort schläft meine kleine Schwester Maria!“
Ihr springt auf und rennt durch das Chaos zu der einfachen Hütte. Flammen züngeln aus dem zerstörten Dach. Rauch quillt aus den Fenstern.
Jetzt stürzen auch Ines' Eltern heran. Sie zögern, wertvolle Sekunden verrinnen.

**Wenn du dich in das brennende Haus wagst,
lies weiter auf Seite 31**

**Wenn du dich lieber
um Löschwasser kümmerst,
lies weiter auf Seite 106**

Ihr zieht das Kanu ans Ufer. Ines führt euch unter die mächtige Krone eines Baumriesen.
Kurz darauf trommelt der Regen aufs Blätterdach. Es will gar nicht mehr aufhören zu schütten. Irgendwann wird dir langweilig. Du spazierst ein wenig herum und machst eine Entdeckung.
„Schaut, hier sind Fußspuren", sagst du zu den anderen. „Von wem könnten sie wohl stammen?"
„Seltsam. Hier ist nirgends ein Dorf", sagt Ines.
Deine Neugier ist geweckt, und als der Regen endlich nachlässt, überzeugst du die anderen, der Spur zu folgen.
Mit den Macheten bahnt ihr euch den Weg und gelangt schließlich zu einer Ansammlung primitiver Hütten.

Wenn du die erste Hütte betrittst, lies weiter auf Seite **74**

Wenn du erst einmal die Lage peilst, lies weiter auf Seite **80**

Vorsichtig läufst du weiter. Immer wieder entdeckst du neue Skelette in der Höhle. Dann werden deine Augen groß – neben einem der Toten stehen mehrere Goldgefäße!
In dir wächst die Gier. Das Gold willst du mitnehmen!
Du kommst näher, streckst die Hand nach dem ersten Gefäß aus. Doch da klappt unter deinen Füßen eine perfekt getarnte Falle auf – und du verschwindest für immer in den Tiefen der Höhle.

Ende

Du springst seitlich ins Gebüsch und jagst los. Bloß weg hier, bloß weg von diesen unheimlichen Typen!
Doch nach wenigen Metern stolperst du und stürzt.
Du liegst auf dem Boden und schaust zurück.
Das Letzte, was du siehst, ist ein Speer, der auf dich zufliegt.

Ende

Also, Augen zu und durch. Immer schön kauen. Lecker, lecker!
Irgendetwas krabbelt auf deiner Zunge herum und du bekommst eine handfeste Krise. Aber du mümmelst tapfer weiter.
Und wenn du ganz ehrlich bist: Du hast schon Schlimmeres essen müssen. Spinat zum Beispiel. Oder gebratene Leber!
Einigermaßen gestärkt macht ihr euch auf die Suche nach dem Camp.
Schön nach kurzer Zeit werdet ihr von gefühlt einer Million Mücken umsurrt. Sie stechen euch immer wieder.
„Das ist ja nicht zum Aushalten", schimpfst du.
„Dagegen hilft auch die Natur", sagt Ines. „Seht ihr den Termitenhügel dort?"
Ihr nickt.
„Ihr müsst eine Hand hineinstecken und warten, bis die Termiten auf eurem Arm sind. Dann müsst ihr die Tiere auf eurer Haut zerreiben – das hilft gegen die Mücken", erklärt Ines.
Dein Mund klappt auf. Du sollst deine Hand in einen Termitenhügel stecken?

**Wenn du die Hand
in den Termitenhügel steckst,
lies weiter auf Seite 57**

**Wenn du die Hand nicht
in den Termitenhügel steckst,
lies weiter auf Seite 81**

Dein Schrei gellt über den Marktplatz.
Alle hören dich – doch dummerweise auch der Kerl auf dem Dach! Und nun richtet er die Waffe auf dich und drückt ab.
Ein Schuss peitscht.
Du willst dich noch auf den Boden werfen, aber du hast keine Chance.

Ende

Du schwimmst an den Kaimanen vorbei und landest völlig erschöpft irgendwo am Ufer.
Im peitschenden Regen siehst du drei Gestalten. Zu deiner grenzenlosen Freude erkennst du, dass es Ines, Chiara und Bob sind. Was für ein Glück! Ines führt euch unter das dichte Blätterdach eines Urwaldriesen. Dort ist es einigermaßen trocken. Nachdem ihr etwas zu Kräften gekommen seid, beratschlagt ihr, was ihr tun wollt. Ines kennt sich am besten im Dschungel aus, sie hat ab jetzt das Kommando.
„Unsere Lage ist ernst. Wir haben weder etwas zu trinken noch etwas zu essen. Aber der Regenwald bietet eine Menge an Nahrung“, sagt sie. „Außerdem sollten wir den Weg zurück zum Camp finden. Wir müssen nur am Fluss entlangwandern.“
Als der Regen aufhört, lauft ihr los. Doch ein breiter Sumpf versperrt euch den Weg. Bei dem Versuch, ihn zu umgehen, verlauft ihr euch. Bald quälen euch Hunger und Durst.
Da taucht neben euch ein Fluss auf. Sofort stürzt du hin. „Vorsicht, im Wasser könnten Piranhas leben!“, warnt Ines dich.

Wenn du trotzdem aus dem Fluss trinkst, lies weiter auf Seite **46**

Wenn du lieber nicht aus dem Fluss trinkst, lies weiter auf Seite **85**

Ihr bettet Chiara so, dass sie es möglichst bequem hat. Aus dem nahen Fluss holst du Wasser, um ihren verletzten Knöchel zu kühlen. Ines sammelt ein paar Kräuter, von denen sie weiß, dass sie schmerzlindernd wirken.

Dann sagt sie zu dir: „Bleib du bei Chiara und pass auf sie auf. Wechsele die Kräuter jede Stunde. Ich laufe los und versuche, Hilfe zu holen."

Schon ist sie verschwunden.

Nach einigen Stunden kehrt sie tatsächlich zurück – mit einem Arzt und einigen anderen Männern, die eine Trage bei sich haben. Der Arzt gibt Chiara eine Spritze und schient den Fuß. Dann wird sie vorsichtig auf die Trage gehoben.

Anschließend geht es zurück nach Porto Cercado, wo Chiara operiert wird.

Von Bob hört ihr nie mehr etwas. Es scheint, als habe der Urwald ihn einfach verschluckt …

Ende

Ohne lange nachzudenken, läufst du auf das brennende Haus zu. Je näher du kommst, umso größer wird die Hitze. Doch das kann dich nicht stoppen.
Du gehst auf die Knie und krabbelst durch die zerstörte Haustür ins Innere. Beißender Qualm schlägt dir entgegen. Deine Augen tränen und du musst husten.
„Komm zurück, das ist zu gefährlich!", hörst du Ines schreien.
Du reagierst nicht. Wo könnte Maria sein?
Du rufst ihren Namen.
Der Schweiß rinnt dir über die Stirn. Neben dir kracht ein brennender Balken auf den Boden. Funken fliegen, versengen dein Hemd. Gierig kommen die Flammen auf dich zu, drohen dich einzuschließen.
Da, ein kleiner Schatten vor der Wand! Ist das Maria? Jetzt verschwindet der Schatten in einem Zimmer.

Wenn du folgst,
lies weiter auf Seite **35**

Wenn du dich zurückziehst,
lies weiter auf Seite **42**

Zähneknirschend gibst du nach.
Eine weise Entscheidung. Denn Ines kennt sich nun einmal am besten von euch im Dschungel aus. Sie führt dich, Chiara und Bob sicher zu eurem Camp zurück – trotz aller Umwege. Ihr seid Ines sehr dankbar.
Auch nach der Zeit im Camp bleibst du mit Ines in Kontakt – ihr werdet sehr gute Freunde!

Ende

Das ist deine Chance! Du drehst dich um und flitzt los. „He, bleib stehen!", hörst du die Männer brüllen. Niemals!, denkst du und beschleunigst noch einmal. Ein Fehler, denn die Männer eröffnen das Feuer auf dich …

Ende

Du setzt dich unter einen riesigen Farn und brüllst dir die Seele aus dem Leib.
Keine Antwort.
Mist! Du machst eine Pause und versuchst es erneut.
Wieder keine Antwort.
Sollst du doch einfach aufs Geratewohl losgehen?
Nein, das wäre sinnlos, du würdest nur Kräfte vergeuden, sagst du dir.
Also bleibst du, wo du bist. Wieder und wieder schallen deine verzweifelten Hilferufe durch den Urwald.
Doch niemand hört dich. Niemand findet dich. Du bist allein im Dschungel.
Und du bleibst allein.
Für immer.

Ende

Du robbst in das angrenzende Zimmer. Aber dort ist niemand! Verdammt!
Wieder rufst du Marias Namen. Niemand antwortet.
Jetzt willst du endgültig aufgeben und umdrehen. Doch das Feuer lässt dich nicht zurück. Es will dich behalten.
Es schließt dich ein. Nirgends entdeckst du einen Ausweg.
Das Letzte, was du siehst, ist eine Wand, die brennend auf dich fällt.

Ende

Nichts wie weg hier, denn bestimmt wird der Wächter den Pick-up unter die Lupe nehmen und dich entdecken.
Leise, ganz leise schlüpfst du unter der Plane hervor und willst dich vom Acker machen.
Toller Plan, nur leider bleibst du beim Herunterklettern von der Ladefläche irgendwo hängen und stürzt. Du fällst aufs Knie und schreist vor Schmerz auf.
Das bringt den Wächter auf deine Spur. Er bedroht dich mit der Waffe und treibt dich nach vorn zum Fahrer.
„Du wolltest diesen kleinen Spion zum Boss einschmuggeln, was?", schnauzt der Wachmann den Fahrer an.
„Ich? Niemals!", erwidert der Fahrer. „Ich kenne den Typ überhaupt nicht. Er muss sich auf der Ladefläche versteckt haben!"
„Und das soll ich dir glauben?", knirscht der Wächter.
Die beiden beginnen zu streiten. Dich beachten sie gar nicht.

Wenn du wegläufst,
lies weiter auf Seite **33**

Wenn du dich einmischst,
lies weiter auf Seite **75**

Auf Zehenspitzen verlässt du das Dorf. Niemand hält dich auf – das klappt doch wie am Schnürchen! Schon tauchst du zwischen den Stämmen der Urwaldbäume ab. Tja, und jetzt? Du versuchst, dich am Mond zu orientieren, und läufst los. Es wird schon irgendwie gut gehen, glaubst du. Jedenfalls ist eine Flucht besser, als schutzlos im Dorf der Indios zu liegen. Wer weiß, was die vorhaben.
Du läufst und läufst. Aber das Camp erreichst du nicht. Du verirrst dich in der grünen Hölle. Langsam lassen deine Kräfte nach. Irgendwann legst du dich ins weiche Moos und schließt erschöpft die Augen. Du schläfst ein und bemerkst daher die Schlange nicht, die dich als Mitternachtsimbiss auserkoren hat …

Ende

„Ja, gute Idee“, meint Ines. „Traust du dir das zu?“
Oh, damit hast du nicht gerechnet. Aber jetzt gibt es kein Zurück mehr. Schließlich hast du ja diesen Vorschlag gemacht.
Der Mann wird freigelassen und darf gehen. Du lässt ihm ein wenig Vorsprung, bevor du ihm folgst.
Du siehst, wie der Pistolero zu einem Pick-up läuft, den er ein Stück vom Dorf entfernt abgestellt hat. Daneben lehnt ein Moped an einem Baum.
Jetzt steigt der Täter in den Pick-up und lässt den Motor an.

Wenn du dich auf der Ladefläche versteckst, lies weiter auf Seite 51

Wenn du dir das Moped schnappst, lies weiter auf Seite 87

Du wirst magisch angezogen. Der Gott, das viele Gold! Wie herrlich, was für eine Pracht!
Du wankst in das Heiligtum und beachtest Bob gar nicht. Auch er ist wie verzaubert. Mit ausgebreiteten Armen geht ihr auf eine Art Altar zu, auf dem mehrere Goldgefäße stehen.
Als deine Finger eines davon berühren, glüht das Gesicht des Sonnengottes auf. Eine enorme Hitze breitet sich aus. Flammen züngeln.
Spät, zu spät bemerkst du, dass du einen unverzeihlichen Fehler gemacht hast. Du hast Intis Gold rauben wollen. Doch Inti ist sehr mächtig und er kennt kein Erbarmen mit kleinen Grabräubern wie dir und Bob.
Ihr werdet diese Kammer aus Gold nie wieder verlassen.

Ende

Keine gute Idee. Die Tierchen haben schon seit Längerem nichts mehr zu beißen bekommen. Da kommst du ihnen gerade recht. Die Kaimane stürzen sich auf dich – und du weißt, das ist dein

Ende

Nein, das hat keinen Sinn, denn jetzt fällt schon wieder ein brennendes Teil neben dich.

Röchelnd krabbelst du zurück zum Ausgang. Kurz davor stoppst du. Was ragt denn da aus der Tür zu einem Zimmer?

Ein kleiner Fuß!

O mein Gott, denkst du. Das muss Maria sein! Beherzt packst du zu und ziehst an dem Fuß.

Sekunden später liegt ein lebloser Körper in deinen Armen, ein kleines Mädchen! Hoffentlich lebt es noch!

Mit letzter Kraft schleppst du das Kind aus dem Haus. Draußen nimmt man dir Maria ab und kümmert sich um sie – und auch um dich.

Man gibt euch zu trinken. Da schlägt Maria die Augen auf.

Ines und ihre Eltern jubeln. Dann fällt Ines dir um den Hals. „Du bist der Größte, du bist mein Held!“, ruft sie.

Ende

Du willst nicht als Feigling dastehen. Also machst du mit bei der Jagd auf den Feuerteufel und Attentäter.

Ihr teilt euch in Gruppen auf. Du bist mit Ines unterwegs und rennst zu dem Haus, auf dem du vorhin den Schützen entdeckt hast.

Du siehst, wie jemand vom Dach springt und zu einem Pick-up sprintet.

„Da ist er!“, brüllst du.

Ein Fehler, denn dein lauter Ruf warnt den Täter.

Der Mann wirbelt herum, legt an und schießt – du bist einen Tick zu langsam und kannst der Kugel nicht mehr ausweichen …

Ende

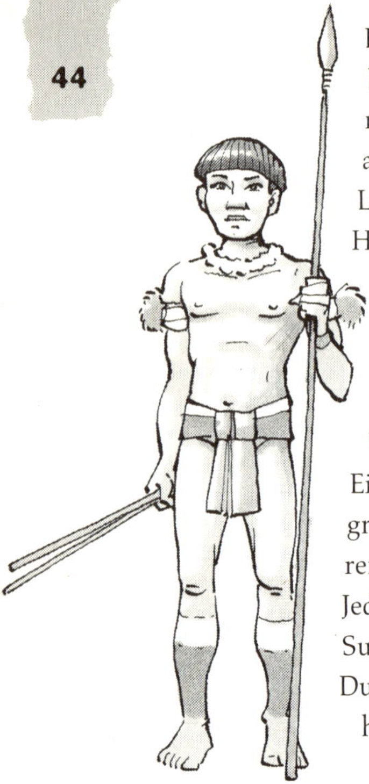

Die netten Jäger bieten euch an, in ihrem Dorf zu übernachten. Klar, eigentlich müsstet ihr längst wieder im Camp sein, aber das hier, das ist doch etwas anderes! Leider gibt es in dieser Wildnis kein Handynetz. Ihr könnt also nicht im Camp Bescheid geben.

Nachts stehst du leise auf und schleichst aus der Hütte, die du dir mit Ines, Bob und Chiara teilst.

Wo könnte die Karte sein?

Einer der Dorfbewohner besitzt eine etwas größere Behausung, er scheint der Anführer zu sein. Ob er die Karte hat?

Jedenfalls beginnst du bei ihm mit der Suche.

Du pirschst zu seiner Hütte und schlüpfst hinein. Ein düsterer Raum erwartet dich. Leises Schnarchen dringt an dein Ohr. Rechts ist eine Truhe oder so etwas. Du beugst dich darüber, willst sie öffnen und …

„Was tust du da?" Die Stimme ist rau und aggressiv.

Mist, man hat dich erwischt!

Du schlägst um dich, triffst jemanden, rennst aus der Hütte, willst fliehen!

Doch du kommst nicht weit. Jemand spannt einen Bogen und dann surrt ein Pfeil auf dich zu.

Ende

Du katapultierst dich nach vorn und springst den Mistkerl an. Der gerät aus dem Gleichgewicht und kracht auf den Rücken. Dabei lässt er das Gewehr fallen. Du schnappst dir die Waffe. „Pfoten hoch!“, herrschst du den Schurken an. „Und jetzt machen wir beiden einen kleinen Spaziergang.“
Du treibst den Verbrecher in die Pyramide. Durch einen langen Gang gelangt ihr in eine große Grabkammer. Dort sind die drei Komplizen des Mannes dabei, die Goldschätze der Inka zusammenzuraffen. Und dort sind auch deine Freunde, die gefesselt am Boden kauern.
„Ende der Vorstellung!“, rufst du und richtest das Gewehr auf die Schurken.
Sie lassen sich entwaffnen. Dann zwingst du sie dazu, deine Freunde loszubinden. Anschließend verschnürt ihr die Verbrecher gemeinsam.
Ihr schlagt euch zu eurem Camp durch und sorgt dafür, dass die Polizei die Grabräuber einsammelt.
Natürlich wird Manoa dank euch zu einer archäologischen Sensation!

Ende

Ach was! Du winkst ab. Schließlich willst du da drin nicht baden, sondern nur ein Stück hineinwaten, um Wasser mit der hohlen Hand schöpfen zu können.
Du ziehst die Schuhe aus, krempelst die Hose hoch und schon bist du drin.
Das Wasser ist lauwarm und schlammig. Es schmeckt wirklich nicht gut, aber egal – Hauptsache, du hast etwas zu trinken!
Aber was ist das? Etwas beißt dich in die Ferse! Aua! Und jetzt spürst du einen stechenden Schmerz im Zeh. Du ziehst das Bein aus dem Wasser und siehst, dass ein fetter Piranha an deinem Zeh zappelt.
Dein Gewicht ruht für einen Moment auf dem anderen Bein. Prompt sinkst du ein wenig im Flussbett ein, verlierst das Gleichgewicht und platschst ins Wasser.
Du bist ein gefundenes Fressen für einen ganzen Schwarm Piranhas!

Ende

An sich ist das keine schlechte Idee. Doch als du dein Handy einschaltest, gibt es den typischen Begrüßungssound – und genau der verrät dich.
Der Attentäter wirbelt herum und entdeckt dich. Du willst fliehen, doch der Pistolero holt dich ein und bringt dich zu Diogo de la Morena. Der ist erbarmungslos. Er befiehlt seinen Leuten, dich einfach verschwinden zu lassen …

Ende

Die Jäger bewaffnen sich mit Blasrohren und führen dich zunächst zu einem Tümpel, in dem viele Frösche quaken. Geschickt fangen sie einige von ihnen. Die gelben Tierchen sind gerade mal fünf Zentimeter lang.
Du schaust einem der Jäger zu. Er drückt dem Frosch vorsichtig die Arme und Beine herunter und streicht mit einer Pfeilspitze über den Rücken des Tieres.
Du beobachtest, wie der Frosch ein Sekret absondert, und ahnst, dass es sich um ein Gift handelt!
Die Jäger präparieren damit ihre Pfeile.
Anschließend lassen die Jäger die Frösche wieder frei und schleichen durch den Urwald. Sie bewegen sich nahezu geräuschlos, und du kommst dir vor wie ein Trampel, weil ständig irgendein Ast unter deinen Füßen knackt.

Der Anführer hebt plötzlich die Hand und deutet nach oben. Im Blätterdach sitzt ein Kapuzineraffe.
Man drückt dir ein Blasrohr in die Hand, steckt einen der Giftpfeile hinein und zeigt auf den Affen.

Wenn du es nicht übers Herz bringst, zu schießen, lies weiter auf Seite 58

Wenn du schießt, lies weiter auf Seite 68

50 Dir reicht es! Du wünschst den anderen viel Glück und ziehst deine Solonummer durch. Und es klappt! Du durchwatest den Fluss und gelangst zum anderen Ufer. So hast du schon mal eine Kurve gespart und bewegst dich auf direktem Weg auf das Camp zu.

Doch bei der zweiten Flussdurchquerung passiert es: Als du im hüfthohen Wasser stehst, beißt dich irgendetwas in die Ferse. Du spürst einen stechenden Schmerz, dir wird schwarz vor Augen – und du weißt: Das ist das

Ende

Ein kurzer Sprint, ein Sprung: Du bist auf der Ladefläche und versteckst dich unter einer Plane.
O Gott, was tust du da eigentlich? Bist du komplett verrückt? Willst du Ines imponieren?, fragst du dich, während du auf der unebenen Piste ordentlich durchgeschüttelt wirst. Der Kerl fährt wie der Henker!
Nein, sagst du dir, du willst Gerechtigkeit, du willst diesen fiesen Typen das Handwerk legen.
Nach einer Viertelstunde wagst du einen Blick unter der Plane hervor und siehst ein Straßenschild. Zu der Kleinstadt Poconé mit ihren rund dreißigtausend Einwohnern sind es noch etwa zwanzig Kilometer.
Hm, ob dieser Diogo de la Morena dort lebt?
Schließlich wird das Auto langsamer und stoppt. Wieder ein kurzer Blick – ihr steht vor einem schmiedeeisernen Tor. Ein bewaffneter Typ redet mit dem Fahrer und dem Pistolero.
Hinter dem Tor erhebt sich eine riesige Villa. Hier residiert bestimmt der Sojabohnenkönig, vermutest du.

Wenn du von der Ladefläche des Pick-ups kletterst, lies weiter auf Seite 36

Wenn du bleibst, wo du bist, lies weiter auf Seite 62

Du schleichst aus der Villa, überwindest einen Zaun, läufst zur nahen Straße. Per Anhalter willst du zurück nach Porto Cercado. Doch niemand nimmt dich mit. Vermutlich haben die Autofahrer Angst, dass du ein Räuber sein könntest.

Du versuchst, Ines per Handy zu erreichen, aber sie geht nicht ran.

Nach etwa einer Stunde erbarmt sich dann doch noch ein Lkw-Fahrer. Gemütlich zuckelt er mit dir nach Porto Cercado.

Dort erlebst du eine böse Überraschung: Die Pistoleros waren schon da und haben ganze Arbeit geleistet. Das Dorf der Kleinbauern wurde komplett zerstört. Wenigstens wurde den Bewohnern kein Haar gekrümmt. Aber sie wollen vor dem brutalen Terror weichen und sich einen neuen Platz zum Siedeln suchen.

Ende

Die Männer behaupten, sie seien Biologen, die die üppige Pflanzenwelt in Mato Grosso näher untersuchen wollen.
Du übernimmst es, dich und deine Freunde vorzustellen. Von eurer Suche nach Manoa berichtest du jedoch nicht. Du sagst, dass ihr einfach ein wenig den Dschungel erkunden wollt.
„Ah ja", sagt einer der Männer gedehnt. Du siehst ihm an, dass er dir nicht glaubt.
Aber auch du bist misstrauisch. Die vier wollen Biologen sein? Schwer zu glauben. Denn im Gepäck der Männer siehst du außer Proviant und Wasser nur Grabwerkzeuge wie Spaten und Spitzhacken sowie diverse Waffen.
Grabwerkzeuge … sind die Typen etwa auch auf der Suche nach Manoa? Ist das möglich?
Dann sagen die vier Männer, sie müssten weiter. Sie verabschieden sich von euch und ziehen in Richtung Süden.
„Ha, die wären wir los", lacht Chiara. „Die laufen in die falsche Richtung. Manoa liegt doch nördlich von uns."
Das stimmt. Aber was ist, wenn die Kerle euch nur täuschen wollen?

Wenn du den Männern folgst,
lies weiter auf Seite **63**

Wenn du lieber weiter
in Richtung Norden marschierst,
lies weiter auf Seite **112**

Behutsam kletterst du die Stufen hinauf und gelangst zum Heiligtum auf der Plattform. Es handelt sich um einen steinernen Würfel mit nur einem einzigen schmucklosen Eingang. Ehrfürchtig trittst du näher und wagst einen Blick hinein. Die Kammer ist voller Gold! Direkt gegenüber dem Eingang schwebt eine Scheibe, auch sie aus purem Gold. Doch diese Scheibe hat ein Gesicht!
Auch Bob siehst du. Er dreht dir den Rücken zu und scheint die Scheibe anzustarren.
Du ahnst, dass es sich bei diesem Kunstwerk um ein Bildnis von Inti handelt, dem mächtigen Sonnengott der Inka. Er wurde immer als goldene Scheibe mit einem menschlichen Gesicht dargestellt.
Doch plötzlich bemerkst du, dass sich der Mund bewegt. Das ist kein Bildnis! Das ist – ja, was ist das eigentlich? Lebt die Scheibe? Lebt der Gott? Oder bist du völlig übergeschnappt? Du fährst zurück, einen Schrei auf den Lippen.

Wenn du bleibst,
lies weiter auf Seite **40**

Wenn du fliehst,
lies weiter auf Seite **64**

Die Männer umkreisen dich. Dabei reden sie in einer Sprache, die du noch nie gehört hast. Sie wirken neugierig. Immer wieder sind ihre Speerspitzen ganz nah an deinem Gesicht. Deine Knie werden weich. Was sind das für Männer? Da fällt dir ein Zeitungsbericht ein, den du zur Vorbereitung auf das Camp gelesen hast. Gehören die Männer zum Stamm der Metyktire, einer kleinen Gruppe von Indios, die völlig allein und fern der Zivilisation in Mato Grosso lebt?

Ja, so wird es sein. Aber was haben sie vor?

Du ringst dir ein Lächeln ab und versuchst, freundlich zu wirken.

Die Männer schauen dir prüfend in die Augen. Dann nicken sie. Einer der beiden deutet in den Dschungel hinein und schiebt dich in diese Richtung.

Okay, sie nehmen mich mit, sagst du dir. Aber wohin nur?

Kurz darauf erreicht ihr eine Ansammlung von kleinen Hütten. Du wirst von Frauen, Kindern und Männern umringt. Alle reden auf dich ein und sind freundlich. Du bist erleichtert.

Man gibt dir etwas zu trinken und zu essen und weist dir bei Einbruch der Dämmerung eine Hütte zu, wo du schlafen kannst.

Wenn du nachts das Dorf verlässt, um dich zum Camp durchzuschlagen, lies weiter auf Seite 38

Wenn du dort übernachtest, lies weiter auf Seite 96

Das bekommst du nicht runter! Niemals!

Angewidert schaust du zu, wie Ines, Bob und Chiara das Zeug essen.

Danach irrt ihr weiter durch den Regenwald. Es ist zum Verzweifeln: Ihr findet einfach nicht mehr den Weg zum Ort beziehungsweise zum Camp.

Im Abstand von ein paar Stunden stärken sich die anderen mit ihren Maden oder ähnlichen Tierchen.

Du bleibst hart, auch wenn dir der Magen knurrt.

Die Nacht verbringt ihr notgedrungen unter freiem Himmel.

Am nächsten Tag brecht ihr in aller Frühe auf und sucht weiter.

So vergehen drei Tage – jedoch ohne Erfolg.

Du wirst immer schwächer und schwächer, weil du als Einziger nichts isst.

Ines rät dir eindringlich, dich zu überwinden, aber du weigerst dich weiterhin, Maden oder etwas Ähnliches zu essen.

Als ihr an einem Fluss entlangmarschiert, passiert es: Dir wird schwindelig, du stolperst und fällst ins Wasser. Bevor deine Freunde dich retten können, versinkst du in den Fluten.

Ende

Du gehst zu dem Hügel. Überall krabbeln die Tierchen herum. Todesmutig steckst du deinen rechten Arm in eines der Löcher. Sofort spürst du ein furchtbares Kribbeln auf der Haut. Die Biester krabbeln auf dir rum und du rechnest damit, dass du gleich Tausende von Bissen spürst.

Aber nichts dergleichen passiert, keine der Termiten beißt dich.

„Zieh den Arm wieder raus", rät Ines.

Du tust, was sie sagt. Er ist ganz schwarz von den Termiten, die ihn bevölkern.

Mit viel Überwindung zerreibst du die kleinen Leiber auf deiner Haut. Mein Gott, ist das widerlich!

„Gut gemacht", lobt Ines dich.

Auch Chiara, Bob und schließlich sie selbst machen die Termiten-Therapie.

Es hilft. Von nun an meiden euch die Mücken.

Ihr irrt weiter durch den Dschungel. Ines läuft voran und orientiert sich am Stand der Sonne.

Plötzlich hebt sie die Hand und deutet auf einige Tiere, die dich an Wildschweine erinnern.

„Das sind Pekaris. Ihr Fleisch schmeckt fantastisch, aber die Tiere sind angriffslustig und stark. Sollen wir versuchen, eines zu erlegen?"

Wenn du die Pekaris jagen möchtest,
lies weiter auf Seite **69**

Wenn du die Jagd auf die Pekaris
lieber sein lässt,
lies weiter auf Seite **82**

Du schüttelst den Kopf.
Nachdenklich schauen dich die Metyktire an. Dann erlegen sie selbst den Affen.
Du bist entsetzt, weißt aber, dass die Männer das Tier nicht aus Spaß töten, sondern weil sie im Urwald überleben wollen. Und dazu gehört nun einmal die Jagd.
Die Männer erlegen noch einen zweiten Affen und kehren in ihr Dorf zurück. Dort freuen sich alle über ihren Erfolg. Die Frauen beginnen, das Fleisch zuzubereiten.
Später bietet man dir etwas davon an, doch du lehnst ab. Schließlich hast du nichts zur erfolgreichen Jagd beigetragen. Mit Händen und Füßen machst du den Metyktire klar, dass du zurück in dein altes Leben willst.
Sie verstehen, was du ihnen sagen möchtest. Doch sie zögern. Du ahnst, dass sie Angst davor haben, du könntest den Standort ihres Dorfes verraten. Dann wäre es vorbei mit ihrer Ruhe und Abgeschiedenheit.
Da hast du eine Idee. Du bedeutest dem Stamm, dass sie dir die Augen verbinden und dich dann aus ihrem Dorf führen sollen.
Die Jäger sind einverstanden und führen dich „blind" aus dem Dorf. Sie bringen dich zu einem Pfad, den Holzfäller benutzen. Vor dort gelangst du sicher ins Camp zurück.

Ende

Du schleichst näher heran, nimmst einen Stein und wirfst ihn in ein Gebüsch, das ein Stück vom Höhleneingang entfernt ist.
Sofort verlässt der Wächter seinen Posten und sieht in dem Gebüsch nach. Diesen Moment nutzt du und flitzt in die Höhle.
Halbdunkel empfängt dich. Immerhin dringen einige Sonnenstrahlen durch Risse in der Decke. Langsam gehst du voran.
Doch plötzlich erstarrst du. Vor dir liegt ein Skelett auf einer Art Altar. Verdorrte Blumen schmücken den Schädel und die Knochen.
Du hältst dir die Hand vor den Mund, um nicht zu schreien.
Was ist das hier? Eine Kultstätte? Ein Grab? Störst du die Ruhe der Toten?

Wenn du weitergehst,
lies weiter auf Seite 25

Wenn du umkehrst,
lies weiter auf Seite 83

Okay, Klettern war noch nie deine Stärke. Aber egal, du schaffst es irgendwie und ziehst dich Ast für Ast hinauf. Schließlich bist du ganz oben und vertreibst ein paar junge Azara-Kapuzineraffen, die sich zeternd verziehen.
Nun genießt du die sensationelle Aussicht. Du schaust nach links, dann nach rechts – und entdeckst eine Rauchsäule, die aus dem Dschungel aufsteigt. Das könnte ein Lagerfeuer sein! Liegt dort etwa euer Camp? Bestimmt!
Du willst gerade mit dem Abstieg beginnen, als ein ausgewachsener Azara-Kapuzineraffe auf dich zuklettert. Er ist fünfundvierzig Zentimeter groß und hat einen etwa fünfzig Zentimeter langen Schwanz. Hinter ihm tauchen noch drei seiner Artgenossen auf. Diese Affen ernähren sich von Früchten, aber auch von kleineren Tieren. Sie verschmähen also keine fleischliche Kost …
Offenbar sind sie sauer, weil du gerade die Äffchen vertrieben hast. Mit gefletschten Zähnen kreisen sie dich ein.

Wenn du einen Ast abbrichst und dich verteidigst, lies weiter auf Seite 12

Wenn du dich nicht bewegst, lies weiter auf Seite 95

Du machst dich ganz klein – und hast Glück: Der Wachmann interessiert sich überhaupt nicht für die Ladefläche und winkt den Pick-up durch.
Das Auto rollt zum Eingang der Villa und stoppt. Du hörst eine Tür schlagen und wartest noch eine Minute. Dann wagst du dich aus deinem Versteck. Der Wagen steht in einem Hof. Hier sind auch andere Fahrzeuge geparkt, darunter ein Sportwagen und eine Limousine.
Genau vor dir ist ein unscheinbarer Eingang, vermutlich fürs Personal. Ob du da mal reinschlüpfen sollst? Aber halt, Vorsicht! Dort ist auch eine Hundehütte! Jetzt schiebt ein Pitbull seine Nase aus der Hütte. Sofort gehst du wieder in Deckung. Was nun?

Wenn du versuchst, an dem Hund vorbei durch die Tür zu gelangen, lies weiter auf Seite **70**

Wenn du den Pitbull irgendwie ablenkst, lies weiter auf Seite **84**

Du versuchst, die anderen zu überreden, den Typen hinterherzuschleichen. Doch Chiara, Ines und Bob sind dagegen. Es gibt Streit und du stapfst allein los. Sollen die anderen doch machen, was sie wollen! Aber du wirst dich nicht von den angeblichen Biologen hinters Licht führen lassen.

Es ist leicht, den Spuren der Männer zu folgen. Tatsächlich haben sie sich nach Süden bewegt. Aber dann haben sie unvermittelt die Richtung gewechselt – jetzt laufen sie nach Norden.

Du hast es doch geahnt, die Kerle haben euch angelogen! Die wollen bestimmt ebenfalls nach Manoa …

Das wird auch deine Freunde interessieren. Du drehst dich um – und bekommst einen furchtbaren Schreck.

„Na, Kleiner?", sagt ein Mann mit einem Gewehr.

Es ist einer der vier Typen!

„Ganz schön neugierig, was?"

„Äh … ja", stammelst du.

„Wir können aber keine Schnüffler gebrauchen", sagt der Mann. „Wir suchen das Gold von Manoa. Und wenn wir das endlich haben, werden wir es nicht teilen – jedenfalls nicht mit dir …"

Du schluckst. Dann drehst du dich um und fliehst in den Dschungel. Der Kerl wird schon nicht auf dich schießen.

Irrtum, ein Schuss hallt durch den Dschungel.

Ende

Du ahnst, dass der mächtige Gott den Schatz der Inka bewacht. Du solltest ihm besser nicht zu nahe kommen!
Also suchst du das Weite. Noch halb geblendet von der Pracht versuchst du den Abstieg.
Doch du verfehlst eine Stufe und stürzt die Pyramide hinunter. Dabei kommst du leider sehr unglücklich auf …

Ende

Es wird eine lange Wanderung und immer schwieriger, sich einen Weg durch die Wildnis zu bahnen. Ihr lauft und lauft und werdet allmählich von den Mücken regelrecht aufgefressen.

Völlig erschöpft und entnervt gibst du schließlich auf. „Ich kann nicht mehr", stöhnst du. „Und ich will auch nicht mehr. Ich bin dafür, dass wir umkehren."

Chiara und Bob sehen das genauso.

Ines ist als Einzige noch frisch. „Wie ihr meint", sagt sie dennoch. „Es ist vielleicht wirklich besser. Ich möchte nicht, dass es uns wie den anderen Expeditionen ergeht …"

„Ja, ich habe wirklich Angst, dass dieser Dschungel unser Grab wird", sagst du leise.

Also kehrt ihr um. Unter Ines' Führung gelangt ihr sicher zum Camp zurück.

Schade, Manoa habt ihr nicht gefunden. Aber ihr seid gesund geblieben und das ist schließlich viel mehr wert als alles andere.

Ende

Ihr kämpft euch mit den Macheten durch den Dschungel. Es ist drückend heiß. Mücken quälen euch. Das Wasser in euren Flaschen schmeckt fürchterlich. Aber die Strapazen lohnen sich wegen der einzigartigen Natur. Immer wieder bleibst du stehen und machst Fotos. Der Regenwald von Mato Grosso bietet sensationelle Motive. Besonders begeistert bist du von einem Schwarm Jabirús mit ihren knallroten Halsschärpen. Dabei handelt es sich um die größte Storchenart der Welt, erfährst du von Ines. Der Schwarm flattert dir am Fluss förmlich vors Objektiv. Was für ein Glück!
Schließlich gelangt ihr zu einem Steilhang.
„Wir müssen da rüber", sagt Ines. „Aber der Hang scheint mir zu steil zu sein. Wir sollten versuchen, einen Weg daran vorbei zu finden."
„Das kann ewig dauern. Lasst uns lieber versuchen, zu klettern", schlägt der sportliche Bob vor.
Chiara ist unentschlossen. Jetzt liegt es an dir, wie ihr weiter vorgeht.

Wenn du Bobs Idee besser findest,
lies weiter auf Seite **14**

Wenn du für Ines' Vorschlag bist,
lies weiter auf Seite **65**

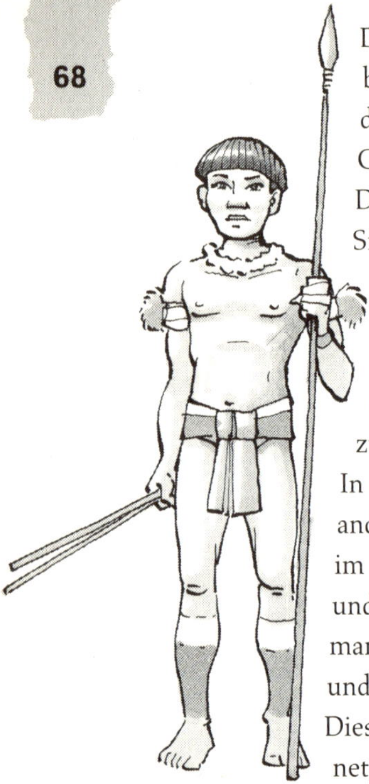

Du beschließt zu gehorchen: Du zielst, bläst die Backen auf und schießt – doch du verfehlst den Affen deutlich. Zum Glück, denkst du.

Die Metyktire sind nicht böse auf dich. Sie erkennen an, dass du es wenigstens versucht hast.

Später erlegen sie selbst zwei Affen und marschieren mit der Beute zurück ins Dorf. Dort hilfst du mit, die Tiere zuzubereiten.

In den nächsten Tagen lernst du noch viele andere nützliche Dinge über das Leben tief im Dschungel: Welche Wurzeln, Kräuter und Insekten kann man essen? Wie baut man eine Falle auf? Wie macht man Feuer und wie heilt man Verletzungen?

Dieses Leben in der freien Natur ohne Internet, Handy und Fernsehen, ohne Krieg und Hass beginnt dich zu faszinieren. Schnell schwindet der Wunsch, in deine alte Welt zurückzukehren.

Schon bald betrachten die Metyktire dich als einen der Ihren. Das macht dich sehr stolz.

Ende

Du bekommst die fantastische Aufgabe, dich hinter einer mannshohen Wurzel zu verstecken. Ines will die Pekaris mit der Hilfe von Bob und Chiara auf dich zutreiben. Sobald sie auf deiner Höhe sind, sollst du aus deinem Versteck kommen, dich auf eines der Wildschweine stürzen und es festhalten, bis Ines bei dir ist, um es zu töten.
Gesagt, getan.
Schon flitzt die aufgescheuchte Rotte auf dich zu.
Jetzt!
Du springst hinter der Wurzel hervor – doch dein Timing ist katastrophal, die Pekaris rammen dich einfach um. Dabei krachst du mit dem Kopf mit voller Wucht gegen die Wurzel. Alles wird dunkel und du weißt: Das ist dein

Ende

70 Auf Zehenspitzen versuchst du dein Glück. Du schaffst erst drei Meter, dann fünf, dann zehn! Das läuft doch wie am Schnürchen. Der doofe Hund scheint zu pennen!

Nein, das tut er nicht.

Denn als du die Hand auf die Türklinke legst, schießt der Pitbull aus der Hütte.

Mit einem sensationellen Sprint holt er dich ein und stürzt sich auf dich – und du weißt: Das ist dein

Ende

Ihr bleibt im Kanu – auch, als es zu schütten beginnt. Schnell seid ihr und eure Ausrüstung durchweicht. Was aber noch schlimmer ist: Der Regen nimmt euch die Sicht auf dem inzwischen schäumenden Rio.

„Ans Ufer, wir müssen ans Ufer!“, schreit Ines.

Zu spät! Das Kanu kracht gegen einen entwurzelten Baumstamm und schlägt um. Ihr klatscht ins Wasser.

Deine Klamotten sind plötzlich schwer wie Blei und drohen dich in die Tiefe zu ziehen. Du strampelst wie verrückt. Mit Mühe gelingt es dir, den Kopf über Wasser zu halten. Dennoch schluckst du eine ordentliche Ladung der braunen Brühe.

Wo ist das Ufer?

Da, links vor dir! Du kraulst dorthin. Doch da siehst du längliche Körper am Ufer. Sind das etwa Kaimane?

Leider ja!, musst du erkennen.

Und jetzt?

**Wenn du dich lieber
ein Stück stromabwärts treiben lässt,
lies weiter auf Seite** **29**

**Wenn du trotz der Kaimane
ans Ufer willst,
lies weiter auf Seite** **41**

Widerwillig machst du mit. Aber was sollst du denn auch anderes tun? Du musst doch zurück ins Camp.
Du gehst in eine der Hütten und redest beruhigend auf die Leute ein. Schließlich kommen die Metyktire hervor. Die Reporter sind begeistert und machen eine Menge Fotos. Dabei behandeln sie die Metyktire respektlos und von oben herab und kommandieren sie herum. Sie lachen über ihre Schurze und ihre einfachen Hütten.
Du wirst sehr wütend, hältst dich aber zurück.
Schließlich deutet einer der Stammesältesten in den Dschungel.
„Der will uns etwas zeigen", sagt einer der Reporter.
Tatsächlich verschwindet der Dorfbewohner im Regenwald. Neugierig folgen die Reporter und du.
Der Mann führt euch ein gutes Stück in den Wald hinein. Dann dreht er sich lächelnd um und zeigt auf einen wunderschönen Wasserfall und auf die Kameras.
„Wow, was für ein tolles Motiv!", jubeln die Reporter und treten näher. Du bist an ihrer Seite. Doch da tut sich der Boden unter euren Füßen auf und ihr stürzt in eine gut präparierte Falle, in der die Metyktire sonst die Pekari-Wildschweine fangen.
Aus dieser tiefen Grube gibt es kein Entkommen!

Ende

„Keine Bewegung, Polizei!“, brüllst du, deine tolle Waffe im Anschlag. „Macht keinen Fehler, sonst schieße ich.“
Die Männer bekommen einen Mordsschreck.
„Werft mir eure Waffen rüber, und dann nehmt die Hände über den Kopf!“, befiehlst du.
Drei der Männer scheinen gehorchen zu wollen, doch der vierte schaut mit zusammengekniffenen Augen in deine Richtung. Plötzlich ruft er: „Macht mal langsam, Jungs, ich glaube, das ist gar kein Polizist. Was soll denn das da in seiner Hand sein? Ein Gewehr? Nie und nimmer! Und warum ist er allein? Sind Polizisten nicht immer mindestens zu zweit unterwegs?“
Bevor seine Komplizen reagieren können, schnappt sich der Mann eine der Waffen und schießt auf dich.
Leider ist er ein sehr guter Schütze …

Ende

Aber was ist das? Unter dir öffnet sich der Boden – die Urwaldbewohner haben eine hübsche kleine Falle aufgebaut, um sich vor Dieben und ungebetenen Gästen wie dir zu schützen.
Du stürzt in eine tiefe Grube. Dort unten haben sich Schlangen häuslich niedergelassen – und wenigstens die freuen sich über deinen Besuch!

Ende

„Darf ich auch mal etwas sagen?", fragst du.
Verdutzt schauen dich die Männer an.
Du wendest dich an den Wächter. „Ich finde es völlig daneben, wie du mit meinem Kumpel redest." Dabei deutest du auf den Pistolero.
„Ha, ich habe es doch geahnt: Ihr seid Komplizen!", brüllt der Wächter. „Du elender Verräter, nimm das!"
Er verpasst dem Fahrer einen Faustschlag. Der revanchiert sich mit einem fiesen Tritt. Die Kerle beginnen sich prügeln.
Fein! Du schnappst dir das Gewehr des Wächters und rennst davon.
Als die Männer dich verfolgen wollen, gibst du einen Warnschuss ab und stoppst die beiden.
Du jagst zur Straße und kannst ein Auto anhalten, das dich mit nach Porto Cercado nimmt.
Das Rätsel um den Attentäter hast du zwar nicht gelöst, aber immerhin bist du unversehrt zurückgekehrt.

Ende

Du schießt noch ein paar Bilder und kehrst später ins Camp zurück, wo du stolz deine Beute präsentierst.
Am selben Abend gehst du ins nahe Dorf Porto Cercado. Dort gibt es heute ein Volksfest. Am kreisrunden Marktplatz, wo sich außer der einzigen Bar des Ortes ein kleiner Einkaufsladen und eine Tankstelle befinden, dudelt Musik. Es wird getanzt.
Du mischst dich unters Volk und machst mit. Beim Tanzen lernst du Ines kennen, eine nette Brasilianerin in deinem Alter, die in Porto Cercado geboren wurde. Ihre Eltern sind arme Kleinbauern, erfährst du von ihr.
Die Musik wird immer lauter und die Stimmung immer besser.
Da bemerkst du auf dem Dach einer einfachen Hütte einen Schatten. Du schaust genauer hin. Ist das etwa ein Mann mit einem Gewehr? Jetzt ist die Gestalt wieder verschwunden. Gut möglich, dass der Unbekannte sich flach aufs Dach gelegt hat …

**Wenn du Ines warnst,
lies weiter auf Seite 21**

**Wenn du nichts unternimmst,
lies weiter auf Seite 22**

Ihr betretet ebenfalls die Pyramide und steht in einem langen schmalen Gang. Ganz vorn ist ein Lichtschein zu sehen.
„Hallo?", ruft Bob.
Ein leiser Fluch erklingt, dann tauchen zwei Gestalten im Gang auf. Die Männer tragen Gewehre.
Als sie sich nähern, bekommst du einen Mordsschreck. Das sind zwei der angeblichen Biologen, die du am Lagerfeuer gesehen hast!
Sie richten ihre Waffen auf dich und deine Freunde.
„Mist, das sind keine Biologen", zischt Bob.
„Sehr richtig!", knurrt einer der Männer. „Und ihr geht uns allmählich auf die Nerven. Wir suchen das Gold von Manoa und dabei können wir euch nicht gebrauchen. Mitkommen!"
Die Kerle treiben euch in eine Grabkammer der Pyramide, die bis auf ein paar Spinnen leer ist.
Dort schließt man euch ein.
Das alte Grab hat neue Besucher. Nämlich euch. Für immer.

Ende

„Wir sollten vorsichtig sein. Vielleicht sind das Grabräuber", sagst du.
Bob lacht. „Du liest zu viele Krimis." Dann geht er in die Pyramide. Chiara und Ines folgen ihm.
Aber du bleibst erst einmal draußen und behältst den Eingang im Auge.
Zehn Minuten vergehen, dann zwanzig. Wo bleiben die denn? Allmählich beschleicht dich ein komisches Gefühl. Da stimmt doch etwas nicht!

**Wenn du in der Pyramide nachschaust,
lies weiter auf Seite** **90**

**Wenn du draußen wartest,
lies weiter auf Seite** **99**

Ihr wartet erst einmal ab und beobachtet das Dorf.
Da tippt dir jemand auf die Schulter. Du fährst herum und starrst in das Gesicht eines Kriegers, der mit Pfeil und Bogen bewaffnet ist. Doch er lächelt dich an und entschärft so die Situation.
Der Mann führt dich und deine Freunde in das Dorf. Dort heißt man euch willkommen und lädt euch sogar zum Essen ein. Alle kommen zusammen: Frauen, Kinder, Männer.
Dabei erfahrt ihr, dass die Dorfbewohner vom Fischfang leben.
Vorsichtig bringst du das Gespräch auf Manoa. Die Dorfbewohner kennen die Geschichte.
„Wir haben sogar eine alte Karte, auf der Manoa eingezeichnet ist", erzählen sie. „Die haben wir bei einem alten Goldsucher gefunden, der im Dschungel umkam. Aber weil die Gier nach dem Gold schon viele Menschen getötet hat, bleiben wir lieber in unserem Dorf."
Eine Karte? Du bist wie elektrisiert! Wenn ihr die Karte hättet, könntet ihr vielleicht reich werden! Aber ihr müsstet das Gold teilen.
Hm, vielleicht solltest du versuchen, dir die Karte allein unter den Nagel zu reißen …

**Wenn du versuchst,
die Karte heimlich in deinen Besitz zu bringen,
lies weiter auf Seite** **44**

**Wenn du den anderen
von deinen Plänen erzählst,
lies weiter auf Seite** **100**

Du bist doch nicht wahnsinnig!
Als Einziger lehnst du die sensationelle Termiten-Methode ab. Ein Fehler – denn die Mücken kennen keine Gnade, sie stechen dich wieder und wieder.
Und offenbar reagierst du auf die Biester hier in Mato Grosso allergisch. Jedenfalls bekommst du plötzlich massive Atemnot – und du weißt: Hier in der Wildnis, fernab von jedem Krankenhaus, ist das dein

Ende

Wildschweinjagd? Das ist etwas für Profis wie Asterix und Obelix, aber nicht für dich! Außerdem willst du die Tiere nicht töten. Du redest Ines diese Idee aus und sie hört etwas widerwillig auf dich.

„Na gut, dann gibt es eben wieder leckere Würmer und Maden zum Essen", meint sie.

O nein!, denkst du dir. Nicht schon wieder!

Als ihr später eine Rast einlegt, um euch zu stärken, schaust du dich in der Nähe eures Lagers um und entdeckst ein paar Pilze.

Köstlich! Pilze hast du schon immer geliebt! Aber was ist das nur für eine Sorte?

Wenn du lieber nicht von den Pilzen isst,
lies weiter auf Seite **93**

Wenn du einfach hineinbeißt,
lies weiter auf Seite **108**

Nichts wie raus hier, du hast hier nichts verloren!
Du versuchst, an dem Wächter vorbeizuschleichen. Doch diesmal erwischt er dich. Er ist furchtbar wütend und schleift dich zu den Hütten.
Der ganze Stamm kommt zusammen. Man steckt die Köpfe zusammen und diskutiert. Du bist dir sicher, dass die Metyktire überlegen, was sie jetzt mit dir machen sollen.
Schließlich ist eine Entscheidung gefallen. Man verbindet dir die Augen und führt dich aus dem kleinen Dorf. Eine gefühlte Ewigkeit lang wirst du durch den Dschungel geschubst.
Dann nimmt man dir die Augenbinde ab. Die beiden Männer, die dich begleitet haben, verschwinden wie Geister im Urwald. Jetzt bist du allein in der grünen Hölle.
Dir wird klar, dass dich die Metyktire irgendwo ausgesetzt haben. Du bist auf dich allein gestellt. Angst kriecht in dein Herz. Wie sollst du nur den Weg zurück zum Camp finden?

Wenn du erst einmal auf einen Baum kletterst, um dich zu orientieren, lies weiter auf Seite 60

Wenn du aufs Geratewohl losläufst, lies weiter auf Seite 116

In deiner Hosentasche findest du einen alten Schokoriegel. Ob der Wauwau den mag?
„Huhu", rufst du und wirfst ein Steinchen an die Hütte.
Der Pitbull kommt knurrend hervor und fletscht die Zähne.
„Guck mal, ich habe etwas für dich!", sagst du leise und wirfst den Riegel ein Stück neben die Hütte.
Auf krummen Beinen wackelt der Kampfhund aus der Hütte und macht sich schwanzwedelnd über das Leckerli her.
Und du? Du saust zur Tür und schlüpfst hindurch. Geschafft!
Du schleichst durch einen langen Gang und fragst dich dabei, was du eigentlich genau vorhast. Wie ist dein Plan?
Da hörst du Stimmen. Sie kommen aus einem Raum, dessen Tür nur angelehnt ist. Du wagst einen Blick in den Raum.
Dort sitzt ein kleiner dicker Mann hinter einem riesigen Schreibtisch und staucht den Attentäter zusammen, der das Dorf von Ines angegriffen hat.
„Du bist eine Null, du solltest das ganze elende Nest in Angst und Schrecken versetzen!"
„Es tut mir leid, Boss", sagt der Pistolero schwach.
Ha, der Dicke ist bestimmt der Sojabohnenkönig, denkst du.

**Wenn du die Szene filmst,
um einen Beweis gegen die Täter zu haben,
lies weiter auf Seite 47**

**Wenn du lieber konzentriert zuhörst,
lies weiter auf Seite 86**

„Okay, aber ohne Wasser werden wir bald verdurstet sein", sagst du.
Ines lächelt dich an. Dann sucht sie einen scharfkantigen Stein. Damit schneidet sie eine Liane ab und kommt mit ihrer Beute zu dir.
„Mund auf", sagt sie lachend.
Du gehorchst.
Ines setzt das eine Ende an deinem Mund an und hebt das andere hoch.
Schon schluckst du einen feinen Strahl köstlich frisches Wasser.
„Wow, das funktioniert ja super!", freust du dich.
Bob und Chiara folgen dem Beispiel. Wie gut, dass Ines sich im Urwald auskennt!
„So, und jetzt sollten wir etwas essen", meint sie anschließend. Sie sammelt Ameiseneier, lange Würmer und gräbt mit dem Stein so lange an einer bestimmten Stelle im Boden, bis sie einen kleinen Bau freigelegt hat, in dem dicke weiße Larven liegen. „Die sind besonders köstlich und ziemlich nahrhaft", meint sie und steckt sich einige in den Mund. „Jetzt seid ihr dran. Guten Appetit."

**Wenn du die Tierchen isst,
lies weiter auf Seite 27**

**Wenn du den Snack verschmähst,
lies weiter auf Seite 56**

Du lässt das Handy stecken und spitzt die Ohren. So erfährst du, dass Diogo de la Morena tatsächlich den Dschungel rund um Porto Cercado abholzen will, um auch dort seine Sojabohnen anzubauen. Außerdem möchte er sich das Land der Kleinbauern unter den Nagel reißen. Der Pistolero hatte den Auftrag, die Dörfler zu vertreiben. Doch das misslang. Jetzt erhält er eine zweite Chance.
„Du wirst noch mal da hinfahren“, knurrt der Sojabohnenkönig. „Aber diesmal mit zehn weiteren Männern. Ihr werdet dieses verdammte Nest ausräuchern. Ich will, dass da kein Stein mehr auf dem anderen steht, ist das klar?“
Du bekommst weiche Knie.

**Wenn du versuchst,
schnell nach Porto Cercado zu gelangen,
um Ines und die anderen zu warnen,
lies weiter auf Seite** **52**

**Wenn du versuchst,
die Abfahrt der Pistoleros zu verhindern,
lies weiter auf Seite** **88**

Der Pick-up fährt los, du springst auf das Moped und kannst es starten. Schon pötterst du hinter dem Kerl her.
„He, das ist mein Moped!“, hörst du jemanden rufen. „Bleib gefälligst stehen, du elender Dieb.“
Für solche Diskussionen hast du leider keine Zeit, du bist schließlich in wichtiger Mission unterwegs!
Doch der Besitzer des Mopeds lässt nicht locker. Er schleudert dir ein paar Steine hinterher. Einer trifft dich dummerweise am Kopf und du fällst vom Moped, das gegen einen Baum kracht.
Tja, das war es dann wohl mit deiner heldenhaften Verfolgungsaktion …

Ende

88

Du hast genug gehört – du musst handeln, und zwar schnell! Du verlässt die Villa und gelangst auf den Platz mit der Hundehütte und den Fahrzeugen.
Mist, der Pitbull!
Das Vieh sieht dich und bellt wie verrückt.
„He, wer ist da?", hörst du eine Stimme. Du versteckst dich hinter einer Wassertonne und siehst, wie ein mit einem Gewehr bewaffneter Wachmann direkt auf dich zukommt!

Wenn du ihn angreifst,
lies weiter auf Seite 8

Wenn du dich ganz klein machst,
lies weiter auf Seite 117

Wie kannst du das anstellen?
Du grübelst, schaust dich um. Nicht weit von dir entfernt liegt ein Stock … Der sieht aus wie ein Gewehr. Ob du so tun kannst, als ob du ein mit einem Gewehr bewaffneter Polizist bist? Die Sichtverhältnisse in der Höhle sind schlecht, vielleicht gelingt dir die Täuschung. Du könntest die Kerle auffordern, dir ihre Waffen zuzuwerfen.
Oder ist es vielleicht besser, den Stock auf die Kerle zu werfen, damit sie dich verfolgen? Du könntest aus der Höhle rennen und den Verbrechern am Eingang auflauern, um sie auszuschalten …

Wenn du dich für die Gewehr-Variante entscheidest, lies weiter auf Seite 73

Wenn du den Stock auf die Kerle wirfst, lies weiter auf Seite 104

Du hältst das Warten nicht mehr aus und wagst dich in die Pyramide. Dort erwartet dich ein langer Gang, der zu einem Gewölbe führt. Es wird von Fackeln erhellt, deren Licht sich in zahlreichen goldenen Gefäßen widerspiegelt.
Dir stockt der Atem – deine Freunde kauern auf dem Boden, ihre Hände sind gefesselt! Sie werden von einem Mann mit einem Gewehr bewacht. Es handelt sich um einen der angeblichen Biologen. Seine Komplizen sind gerade dabei, das Gold zusammenzuraffen und es in großen Rucksäcken zu verstauen.
Du gehst hinter einer Statue in Deckung. Was jetzt?

Wenn du versuchst,
die Schurken aus der Schatzkammer zu locken,
lies weiter auf Seite **89**

Wenn du versuchst,
Hilfe zu holen,
lies weiter auf Seite **98**

Du läufst zurück ins Dorf. Dort erlebst du eine Überraschung. Zwei Männer und eine Frau schlendern gerade zwischen den Hütten umher und machen Fotos.
Die Metyktire haben sich offenbar in ihren Behausungen versteckt.
„He, wer bist du denn?", ruft die Frau lachend. „Du gehörst hier eigentlich nicht hin, oder?"
Du sagst, wer du bist und woher du kommst.
Die Frau und die beiden Männer stellen sich als Reporter vor: „Wir haben von diesen Eingeborenen gehört, sie gesucht und gefunden. Nun werden wir eine große Story über sie machen – ein Leben fernab der Zivilisation, das ist doch irre!"
„Ich glaube nicht, dass den Metyktire das recht ist", erwiderst du. „Sie wollen bestimmt weiter ungestört im Dschungel leben."
Da lachen die Reporter nur. „Diese Wilden sollen doch froh sein, wenn wir sie aus diesem Urwald befreien. Hilf uns, ein paar von ihnen vor die Kamera zu bekommen. Dann nehmen wir dich auch wieder mit zurück zu deinem Camp."

Wenn du den Reportern hilfst,
lies weiter auf Seite **72**

Wenn du dich weigerst,
lies weiter auf Seite **110**

Du mampfst lieber ein paar feine Maden und Würmer. Kurz darauf drängt Ines zum Aufbruch.

Ihr lauft weiter am Fluss entlang. Irgendwann müsst ihr doch das Camp erreichen! Aber zu Fuß seid ihr viel langsamer als mit dem Kanu, zumal euch auch immer wieder umgestürzte Baumriesen den Weg versperren. Hinzu kommt, dass sich der Fluss schlangenförmig durch den Urwald windet und ihr immer wieder weite Umwege laufen müsst.

„Wäre es nicht viel besser, wenn wir hin und wieder den Fluss durchqueren?", fragst du irgendwann völlig entnervt. „So würden wir Zeit und Kraft sparen."

„Nein, das ist zu riskant. Im Fluss lauern viele Gefahren. Du weißt nie, was sich unter der Wasseroberfläche verbirgt", erwidert Ines.

Doch du hast die Nase voll von den vielen Umwegen. Ihr geratet in Streit.

**Wenn du bei Ines bleibst,
lies weiter auf Seite** **32**

**Wenn du allein weiterziehst,
lies weiter auf Seite** **50**

Alle sind begeistert von deinem Plan.
„Ich könnte euch als Guide dienen, ich kenne mich hier schließlich ganz gut aus“, bietet Ines an.
„Danke, das ist wunderbar!“, rufst du sofort.
„Ich wäre auch gern dabei“, sagt Ines' Oma. „Aber ich bin wohl ein bisschen zu alt. Und ihr wisst ja: Immer den Fluss runter!“
Als ihr unter euch seid, meint Ines: „Ganz so einfach ist es doch nicht.“
„Das glaube ich gern“, erwiderst du. „Dann wäre Manoa bestimmt längst entdeckt worden.“
„Mal was anderes“, sagt Bob jetzt. „Wir sollten uns bei der Campleitung abmelden.“
„Nein“, widerspricht Chiara. „Die lassen uns niemals gehen, weil sie Angst haben, dass wir uns verlaufen könnten. Wir verkrümeln uns einfach.“

**Wenn du für Bobs Vorschlag bist,
lies weiter auf Seite** **16**

**Wenn du Chiaras Idee für besser hältst,
lies weiter auf Seite** **115**

Du machst dich ganz klein und nimmst eine demütige Haltung ein. Das besänftigt die wütenden Affen und sie lassen dich in Ruhe. Schließlich verziehen sie sich und du kannst vom Baum klettern.
Ohne große Probleme erreichst du schließlich das Camp und bist überglücklich. Natürlich sollst du erzählen, was du alles im Regenwald erlebt hast. Das tust du gern – aber die Metyktire erwähnst du mit keiner Silbe. Das ist sicher ganz in ihrem Sinne.

Ende

96 Als die ersten Sonnenstrahlen durchs Blätterdach fallen, wirst du geweckt. Man setzt dir einen undefinierbaren Brei vor, der gar nicht so schlecht schmeckt. Außerdem gibt es fangfrischen Fisch.
Dann lädt man dich zur Jagd ein.

Wenn du mitgehst,
lies weiter auf Seite **48**

Wenn du lieber im Dorf bleibst,
lies weiter auf Seite **105**

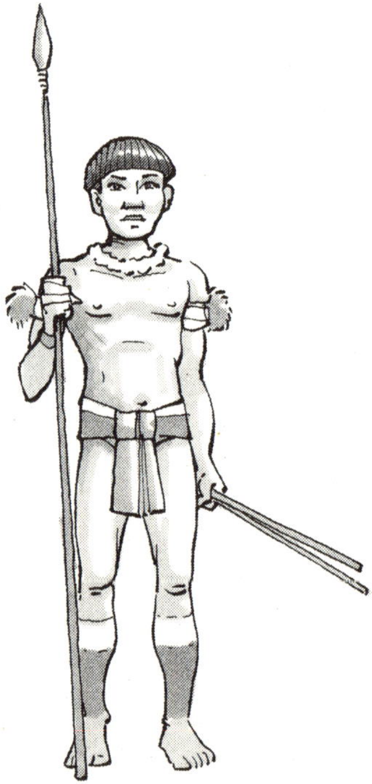

Wieder lacht Ines' Oma.
„Das weiß niemand so genau", antwortet sie. „Die Geschichte von Manoa erzählten sich im 18. Jahrhundert die Goldsucher. Sie hatten von der abenteuerlichen Flucht der Inka gehört und wollten Manoa unbedingt finden, um sich das viele Gold unter den Nagel zu reißen. Doch sie fanden die Stadt nicht. Zahlreiche Expeditionen sind aufgebrochen und nur wenige kehrten zurück. Viele Goldsucher starben im Dschungel. Sie verirrten sich und verhungerten oder wurden von wilden Tieren zerfleischt."
Chiara zuckt mit den Schultern. „Vermutlich stimmt die Geschichte gar nicht ..."
Energisch schüttelt die alte Frau den Kopf. „Doch, das tut sie! Diese Dummköpfe haben nur an der falschen Stelle gesucht. Man muss dem Fluss folgen, dann wird man fündig."
Die Geschichte fasziniert dich. Du willst auch nach Manoa suchen!

Wenn du dich allein auf die Suche machst, lies weiter auf Seite 13

Wenn du versuchst, Ines, Bob und Chiara zu überreden, dich zu begleiten, lies weiter auf Seite 94

Leise schleichst du aus der Pyramide. Niemand bemerkt dich dabei, ein Glück!
Jetzt brauchst du nur noch Verstärkung!
Du willst dich nach Porto Cercado durchschlagen, doch ohne die Hilfe von Ines verläufst du dich in der grünen Hölle. Es gibt für dich kein Zurück, keine Rettung – der Urwald wird dein Grab.

Ende

Weitere Minuten verstreichen. Was sollst du nur tun? Gäbe es hier doch Handyempfang, dann könntest du deine Freunde mal kurz anrufen und fragen, was los ist. Aber das kannst du hier im Dschungel vergessen.
„Na, so ganz allein?“, schnarrt eine Stimme über dir.
Erschrocken schaust du nach oben. Auf einer der Pyramidenstufen kauert ein Mann und zielt mit einem Gewehr auf dich. Du kennst diesen Typ. Er ist einer der angeblichen Biologen, die du am Lagerfeuer kurz kennenglernt hast.
„Nimm die Pfoten hoch, bis ich bei dir bin“, sagt der Gangster und springt die Stufen hinunter.
„Streck mir die Hände entgegen, damit ich dich fesseln kann“, verlangt der Kerl.
Du gehorchst.
Der Mann greift in seinen Rucksack, um ein Seil hervorzuziehen. Für einen Moment ist er abgelenkt.

Wenn du den Kerl angreifst,
lies weiter auf Seite **45**

Wenn du lieber stillhältst,
lies weiter auf Seite **102**

Du bittest die Leute, euch die Karte zu zeigen. Sie tun es bereitwillig.
Neugierig beugst du dich mit Ines, Bob und Chiara über das Stück Leder, das eng bemalt und bekritzelt ist. Ihr erkennt den Lauf eines Flusses mit einer markanten Biegung und eine große Lichtung, die mit einem X markiert ist.
Du tippst auf diesen Punkt: „Das könnte Manoa sein!"
Die Dorfbewohner zeigen euch noch, wo ihr Dorf liegt.
„Das scheint nicht allzu weit zu sein", sagt Chiara. „Wir können es versuchen. Seid ihr dabei?"
Klar, das seid ihr.
Die freundlichen Dörfler warnen euch noch einmal davor, nach Manoa zu suchen, aber ihr seid nicht zu stoppen.
Versorgt mit neuem Proviant und frischem Wasser zieht ihr am nächsten Tag los. Ihr folgt dem Fluss in Richtung Norden und kommt gut voran. Gegen Mittag bemerkt Bob eine schmale Rauchsäule zwischen den Bäumen. Ihr kommt näher und seht vier Männer, die an einem Lagerfeuer sitzen.

**Wenn du die Männer ansprichst,
lies weiter auf Seite** **53**

**Wenn du lieber einen Bogen
um die Männer machst,
lies weiter auf Seite** **66**

Du wirst gefesselt und in die Pyramide getrieben. Dort sind auch Ines, Chiara und Bob – ebenfalls gefesselt.
Entsetzt müsst ihr mit ansehen, wie die vier angeblichen Biologen eine Grabkammer der Inka aufbrechen und ausplündern. Jede Menge Gold fällt ihnen in die Hände.
Die Verbrecher fliehen mit ihrer Beute. Aber vorher schließen sie euch noch in der Grabkammer ein …

Ende

Vorsichtig gehst du zu dem Gebüsch und biegst die Zweige auseinander.
Nichts.
Du willst dich schon abwenden, als du in der Nähe des Flusses eine Gestalt siehst, die gerade hinter einen Baumstamm huscht und sich dahinter verbirgt.
Wer ist das? Jemand aus dem Camp? Oder jemand aus dem Dorf? Aber warum versteckt er sich?
Du nimmst die Kamera und spähst durch das Teleobjektiv. Jetzt benutzt du die Kamera wie ein Fernglas.
Die Gestalt huscht weiter und verschwindet im Dschungel.
Deine Neugier ist geweckt.
Okay, du hast versprochen, dich nicht allzu weit vom Camp zu entfernen, aber du willst der Sache auf den Grund gehen.
Also läufst du der Gestalt hinterher. Immer wieder taucht sie zwischen den Stämmen auf.

Mein Gott, ist der Kerl schnell!, denkst du, während du ziemlich unbeholfen durch den Urwald rennst.
Plötzlich ist der Mann verschwunden. Du irrst umher, kannst aber keine Spur mehr von ihm finden.
Schade, denkst du. Dann laufe ich eben zurück.
Aber das ist gar nicht so leicht, musst du feststellen. Um dich herum ist undurchdringliches Grün, alles sieht gleich aus.

**Wenn du aufs Geratewohl losläufst,
lies weiter auf Seite 19**

**Wenn du um Hilfe rufst,
lies weiter auf Seite 34**

Zack, du triffst einen der Kerle am Kopf!
„Verdammt, wer war das?“, brüllt er.
„Ich!“, rufst du frech und saust los.
„Na warte!“, schreit der Mann und nimmt die Verfolgung auf. Die anderen bleiben bei deinen Freunden und dem Gold.
Du hetzt zum Ausgang. Mit jagendem Atem stellst du dich direkt neben den Eingang.
Als der Verfolger aus dem Gang kommt, stellst du ihm ein Bein. Er hebt ab und kracht auf den Boden. Dabei verliert er das Gewehr. Schon schnappst du es dir und schlägst den Mistkerl damit nieder. Nun träumt er tief und fest.
Dann gehst du zurück zu den übrigen drei Schurken. Das Gewehr im Anschlag entwaffnest du sie. Sie müssen deine Freunde losbinden, bevor sie selbst von euch verschnürt werden.
Ines, Bob und Chiara loben dich für deinen Mut.
Ihr kehrt nach Porto Cercado zurück und sorgt dafür, dass die Polizei die Grabräuber einsammelt. Alle Medien berichten über euch und die legendäre Stadt Manoa. Deren Schätze kommen in ein Museum.

Ende

Du lernst von den Dorfbewohnern, wie man Wasser aus einer Liane trinkt und Fische fängt. Das Leben der Metyktire ist sehr einfach und so ganz anders, als du es kennst. Kein Internet, keine Handys, kein Fernsehen. Doch das scheinen die Metyktire nicht zu vermissen, die Leute wirken glücklich.
Schnell merkst du, dass die Metyktire sehr scheu sind. Du ahnst, dass sie Angst haben, entdeckt zu werden. Dann wäre es vermutlich mit ihrem abgeschiedenen Leben vorbei. Aber was bedeutet das für dich? Will man dich eventuell gar nicht mehr gehen lassen? Diese Vorstellung lässt dich erschaudern.
Bei einem Rundgang durch das Dorf entdeckst du einen schmalen Pfad, der zu einer Höhle führt. Davor steht ein Wächter.
Du wirst neugierig. Was ist in der Höhle, warum wird sie bewacht?

Wenn du versuchst, in die Höhle zu gelangen, lies weiter auf Seite 59

Wenn du die Höhle nicht zu betreten versuchst, lies weiter auf Seite 92

Du sorgst dafür, dass eine Eimerkette zum nahen Rio Cuiabá gebildet wird.
Platsch, schon landet die erste Ladung auf dem brennenden Gebäude.
Doch sosehr ihr euch auch anstrengt, es nützt nichts – ihr bekommt das Feuer nicht in den Griff.
Tränen laufen über Ines' Wangen.
Doch da zupft jemand an ihrem T-Shirt.
„Was hast du denn?", fragt ein kleines Mädchen.
Ines sieht zu ihm hinab und kann es nicht fassen: „Da bist du ja, Maria – wir dachten alle, dass du in deinem Zimmer bist."
Überglücklich schließt sie ihre kleine Schwester in die Arme.
Hinter ihnen stürzt das Haus in einem Funkenregen in sich zusammen.
Wie gut, dass die Kleine nicht mehr in dem Gebäude war, denkst du erleichtert.
„Ich habe wegen der lauten Musik nicht schlafen können und bin aufgestanden", erklärt Maria. „Kurz danach gab es den großen Bums."
Ines nickt. „Allerdings! Jetzt sollten wir den Mistkerl kriegen, der das alles angerichtet hat!"
Du gerätst ins Grübeln. Eine Verbrecherjagd?

Wenn du dich nicht an der Suche beteiligst, sondern lieber ins Camp zurückgehst, lies weiter auf Seite **11**

Wenn du dich an der Suche beteiligst, lies weiter auf Seite **43**

Aber auch im Camp ist viel los. Die Jugendlichen aus aller Welt sind total cool. Ihr spielt Volleyball oder Fußball, sitzt abends am Lagerfeuer und macht Musik.
Okay, nicht alles ist immer ganz so lustig. Wenn du zum Beispiel beim Kochen mithelfen musst. Oder abspülen. Oder den Müll einsammeln. Wirklich klasse … Aber jeder kommt mal dran, die Arbeit ist gerecht verteilt.
Zu deinen Freunden im Camp gehören Chiara und Robert, den alle nur Bob nennen. Chiara hat eine Menge drauf: Sie weiß viel über Pflanzen und Tiere – und sportlich ist sie auch. In puncto Sportlichkeit steckt jedoch Bob alle in die Tasche (bis auf dich natürlich). Wenn du ihn in deiner Mannschaft hast, hast du jedes Spiel so gut wie gewonnen. Er ist einfach ein guter Typ, immer locker, immer gut drauf.
Aber auch im Dorf Porto Cercado wohnen sehr nette Leute. Ines zum Beispiel. Sie ist in eurem Alter und hat dich, Bob und Chiara für heute Abend zu sich nach Hause eingeladen.

Wenn du die Einladung annimmst, lies weiter auf Seite **9**

Wenn du lieber im Camp bleibst, lies weiter auf Seite **11**

108

Das hättest du mal lieber gelassen. Denn diese Pilze sind hochgiftig! Zunächst schmecken sie eigentlich ziemlich gut, doch nur wenig später bekommst du starke Schmerzen.
Jetzt ahnst du, dass du einen furchtbaren Fehler gemacht hast. Du hättest Ines um Rat fragen sollen. Aber diese Erkenntnis kommt zu spät.

Ende

Du packst einen handlichen Stein, zielst und wirfst.
Was für ein guter Wurf!
Du triffst den hinterhältigen Schützen genau am Hinterkopf und schickst ihn ins Reich der Träume.
Ines klopft dir auf die Schulter. „Nicht schlecht!“, lobt sie dich.
Die Bauern holen den Schützen vom Dach und klatschen ihm Wasser ins Gesicht. Allmählich kommt er wieder zu sich.
Der Kerl wird verhört. Er behauptet, dass er betrunken sei und einfach nur ein bisschen habe rumballern wollen.
„Gib zu, dass du ein Pistolero bist und Morena dich geschickt hat, um uns einzuschüchtern!“, ruft Ines wütend.
„Morena? Nein, mit dem habe ich nichts zu tun“, behauptet der Mann.
„Wir bringen ihn zur nächsten Polizeistation“, schlägt Ines vor.
Du zögerst. Wäre es nicht besser, den Kerl laufen zu lassen und heimlich zu beobachten? Vielleicht würde der Pistolero die Dorfbewohner zu seinem Auftraggeber führen. Aber das könnte natürlich gefährlich werden …

**Wenn du diesen Vorschlag machst,
lies weiter auf Seite** 39

**Wenn du lieber den Mund hältst,
lies weiter auf Seite** 114

110

„Ich habe vielleicht eine viel bessere Story für Sie", sagst du geheimnisvoll. Haben Sie schon mal von der Stadt des Goldes gehört? Von Manoa?"
„Natürlich", erwidern die Reporter. „Weißt du etwa, wo wir sie finden können?"
„Klar, ich war schon dort", behauptest du.
Die Augen der Journalisten werden größer und größer. „Gibt es dort wirklich Gold?"
„Massenhaft."
„Zeig uns den Weg."
Lächelnd führst du die drei aus dem Dorf. Nach einer Viertelstunde deutest du auf den Fluss. „Immer dort entlang. Nach etwa zwanzig Kilometern sind Sie am Ziel."
Die Reporter hasten los und bedanken sich nicht noch einmal. Du lachst dich halb schlapp. Dann flitzt du ins Dorf zurück und sorgst dafür, dass die Metyktire umziehen. Sie bauen ein neues Dorf noch tiefer im Dschungel. Für deine Hilfe sind sie dir sehr dankbar und zeigen dir den Weg zu deinem Camp!

Ende

Eine Viertelstunde vergeht. Dann taucht Bob oben auf der Plattform auf. Er ist schwer beladen mit goldenen Gefäßen, Schmuckstücken und einer Krone und beginnt, die steilen Treppen hinunterzuklettern.
Dich packt eine heilige Wut. Dein ehemaliger Kumpel ist nicht nur ein Verräter, er ist auch ein Räuber!
„Du Mistkerl, ich werde dafür sorgen, dass du nicht weit kommst!", schreist du zu ihm hoch.
Bob späht an seinem Schatz vorbei. Als er dich sieht, erschrickt er fürchterlich. Er verfehlt die nächste Stufe und stürzt die Pyramide hinunter, wobei seine Beute in alle Richtungen fliegt. Bob kullert dir vor die Füße. Er ist bewusstlos. Um ihn herum liegen die goldenen Schmuckstücke. Die sind bestimmt ein Vermögen wert!

Wenn du das Gold zurück ins Heiligtum bringst, lies weiter auf Seite **15**

Wenn du dir das Gold unter den Nagel reißt, lies weiter auf Seite **18**

Ihr quält euch vorwärts. Ihr seid alle ziemlich sportlich, aber dieser Gewaltmarsch durch den Regenwald, in dem diese drückende Schwüle herrscht, bringt euch an eure Grenzen.
Deine Machete saust durchs Unterholz, kappt Lianen, trifft Wurzeln, die über anderthalb Meter hoch vor dir aufragen. Für die Schönheit der Natur hast du bald keinen Blick mehr.
Ihr steigt eine Anhöhe hinauf und steht vor einem regelrechten Vorhang aus Lianen. Mit schweißüberströmtem Gesicht schiebst du sie beiseite und …
O nein, das kann doch nicht wahr sein! Ehrfürchtig gehst du auf die Knie.
Unter euch breitet sich eine alte Stadt aus, fast gänzlich überwuchert vom Urwald. Hinter hohen Mauern mit reich verzierten Toren ragen stolze Pyramiden auf.
„Manoa, wir haben Manoa gefunden!", rufst du überglücklich. Dann fallt ihr euch in die Arme. Vergessen sind alle Strapazen. Ihr rennt den Hügel hinunter, schlüpft durch eines der Tore und lauft staunend auf die Pyramide zu. Dabei entdeckst du einen Mann, der gerade durch den Eingang geht.
„Wir sind wohl doch nicht die Ersten in der Stadt aus Gold", sagt Bob und klingt leicht enttäuscht. „Kommt, wir sagen Hallo."

Wenn du mitgehst,
lies weiter auf Seite **78**

Wenn du erst einmal abwartest,
lies weiter auf Seite **79**

Ihr bringt den Kerl zur nächsten Polizeistation. Dort wird der Mann eingesperrt. Doch nicht lange.

Was ihr nicht wissen könnt: Die Polizisten sind vom Sojabohnenkönig Diogo de la Morena bestochen worden und lassen den Kerl laufen. Der Schurke holt Verstärkung und überfällt das Dorf der Kleinbauern erneut. Diesmal wird die Siedlung komplett zerstört.

Ines und ihre Familie sowie die anderen Bewohnern kommen zwar mit dem Leben davon. Doch sie müssen sich nach einem neuen Stück Land umsehen …

Ende

Ines sagt euch, was ihr alles einpacken sollt. Heimlich stopft ihr eure Rucksäcke voll und füllt die Wasserflaschen. Aus der Küche stibitzt ihr etwas Brot und einige Konserven.
Am nächsten Morgen wollt ihr euch in aller Herrgottsfrühe aus dem Camp schleichen.
Doch am Eingang erwischt man euch. Man stellt euch peinliche Fragen, und ihr gebt schließlich zu, was ihr vorhattet.
Die Strafe ist hart: Ihr werdet zu zwei Wochen Küchendienst verdonnert und dürft das Lager bis zum Ende der Freizeit nicht mehr verlassen.

Ende

Mein Gott, wie konntest du nur so naiv sein? Wie soll sich ein junger Mensch, der sonst in einer Großstadt lebt, in einem schier endlosen Regenwaldgebiet zurechtfinden? Wie soll jemand wie du sich dort orientieren können?
Es ist ein hoffnungsloses Unterfangen, du hast keine Chance. Mehrere Tage irrst du durch den Dschungel, dann übermannen dich Hunger und Durst. Ein Schwächeanfall zwingt dich in die Knie. Du stürzt zu Boden und stehst nicht mehr auf.
Doch du hast schier unfassbares Glück.
Im Camp wurdest du natürlich vermisst. Die Leitung hat mehrere Suchtrupps mit Einheimischen losgeschickt, die sich im Dschungel gut auskennen. Einer dieser Trupps entdeckt dich unter dem Baum und transportiert dich ins Camp zurück. Du hast zwar ein paar Kilo verloren, aber sonst bist du wohlauf!

Ende

Toller Plan! Der Wachmann findet dich und treibt dich zu seinem Boss. Der Sojabohnenkönig verhört dich und du erzählst ihm alles.
Als du fertig bist, lacht Diogo de la Morena: „Was bist du nur für ein Narr! Glaubst du wirklich, dass ein Nichts wie du einen Mann wie mich aufhalten kann?"
Du senkst den Blick und schweigst. Du weißt, dass du verloren hast. Dieser brutale Kerl wird das Dorf deiner Freunde zerstören. Das wirst du nicht verhindern können. Du hast versagt.
Der Sojabohnenkönig lässt seine Hand auf deine Schulter krachen. „Vielleicht bist du ein wenig dumm. Aber du bist auch sehr mutig. Und das imponiert mir. Speichellecker und Angsthasen habe ich genug um mich. Aber du, du hast Mumm. Deshalb pfeife ich auf das Land dieser Bauern in Porto Cercado. Es gibt genügend Alternativen."
Du hebst den Kopf. „Wirklich?"
„Ja, ich bin ein Ehrenmann", behauptet er. „Ich stehe zu meinem Wort. Lauf zurück zu deinen Freunden und sag es ihnen."
Du kannst dein Glück kaum fassen, als du tatsächlich gehen darfst.
Ines, ihre Familie und die anderen im Dorf sind überglücklich und bedanken sich bei dir tausend Mal. Mindestens!

Ende

Leseprobe aus dem
Ravensburger Taschenbuch 52556
„1000 Gefahren in den USA“
von Fabian Lenk

Wow, du hast wirklich den coolsten Job überhaupt! Du arbeitest bei „Adventure Holidays“ und deine Aufgabe ist es, Urlaubern deine einzigartige Heimat USA zu zeigen. Okay, natürlich nicht alle Ecken dieses gewaltigen Landes. Schließlich umfasst es knapp zehn Millionen Quadratkilometer und hat fast 320 Millionen Einwohner. Aber ein paar Highlights schon: zum Beispiel deine Heimatstadt New York City mit ihren gewaltigen Hochhäusern und Straßenschluchten. Oder das Spielerparadies Las Vegas mit all seinen bunten Lichtern und Attraktionen. Hier scheint fast immer die Sonne. Selbst im Winter fällt die Temperatur selten unter 20 Grad. Und im Sommer wird täglich die 30-Grad-Marke geknackt. Herrlich!

In beiden Städten hat „Adventure Holidays“ Niederlassungen. Mal wirst du in New York eingesetzt, mal in Las Vegas. Du betreust Reisegruppen, zeigst den Touristen die Sehenswürdigkeiten, unternimmst mit ihnen spannende Ausflüge und passt auf, dass sie in Las Vegas nicht zu viel Geld in den Casinos verpulvern.

Und euer Name „Adventure Holidays“ ist natürlich Programm, das ist klar. Die Leute, die ihren Urlaub bei euch buchen, wollen nicht nur den ganzen Tag durch Museen laufen und alte Bilder anschauen, sie wollen auch knallharte Action und Nervenkitzel – sei es bei einer Rafting-Tour oder am Spieltisch.

Lies weiter auf Seite 8

Die Touren beginnen immer montags und deshalb treffen sich alle Mitarbeiter von „Adventure Holidays" jeden Sonntag zur Teambesprechung.
So auch heute.
Euer Chef Toni ist wie immer absolut im Stress. Vor ihm liegen zwanzig Schnellhefter, einer für jeden von euch Guides. Sie enthalten eine Liste mit den Namen der Touristen in eurer Gruppe und eine Übersicht über den Programmablauf. Das Programm kennst du natürlich. Neu sind nur die Teilnehmer.
Toni schaut euch der Reihe nach an.
„Denkt dran", trichtert er euch ein, „die Leute haben viel Geld für ihren Urlaub gezahlt. Der muss etwas Besonderes werden, und genau dafür haben wir zu sorgen. Unsere Gäste müssen unvergessliche Momente erleben."
Jaja, denkst du, das wissen wir doch alles. Und das kriegen wir auch hin. Denn das ist unser Job, und wir lieben ihn!
„Okay!" ruft Toni und wedelt mit einer der Mappen. „Wie ihr seht, habe ich euch wieder Unterlagen zusammengestellt. Wie immer wird ein Teil von euch nach Las Vegas fliegen, der andere Teil bleibt hier in New York."
Hm, du bist noch ein wenig unschlüssig, worauf du mehr Lust hast. Beide Städte haben ihre Reize.

Lies weiter auf Seite 9

Tonis Handy klingelt mal wieder mitten in der Besprechung und er meldet sich. Hektisch kritzelt er etwas auf einen Block, dann fährt er fort.

In New York hat Toni zwei verschiedene Programme geplant. Bei der „Best of"-Tour stehen Klassiker wie die Freiheitsstatue und der „Theatre District" mit seinen vierzig Theatern auf dem Programm, bei der Tour „New York von oben" sind es die vielen Wolkenkratzer der Stadt.

„Und in Las Vegas habe ich drei Touren organisiert", sagt Toni. „Zum einen die Casino-Tour, bei der ihr in der Stadt bleibt und mit euren Gästen die Casinos und die Shows besucht. Dann eine actionreiche Rafting-Tour auf dem Colorado River und drittens eine ziemlich anstrengende Wanderung durch den Nationalpark mit einigen Übernachtungen. Das ist Natur pur, einfach sensationell! So, Leute, jetzt seid ihr dran: Wer macht was?"

Wenn du die Best-of-Tour in New York wählst, lies weiter auf Seite 43

Wenn du die Wolkenkratzer-Tour in New York übernimmst, lies weiter auf Seite 14

Wenn du dich für die Casino-Tour entscheidest, lies weiter auf Seite 107

Wenn du dich fürs Rafting meldest, lies weiter auf Seite 77

Wenn du in den Nationalpark willst, lies weiter auf Seite 11

„So ist's fein, Kleiner!", zischt dir einer der Typen zu, der ungefähr doppelt so breit ist wie du und einen Revolver gezückt hat.
Er schnappt sich die Beute und springt mit seinem Komplizen in den Geländewagen. Dann rast das Auto davon.
Du kümmerst dich um Hans Haber. Er ist unverletzt. Schon hörst du die Sirene eines Polizeiwagens.
„Kennen Sie diese Typen?", fragst du Haber.
„Nein", antwortet er.
„Darf ich fragen, was in dem Koffer ist?"
„Nein", wiederholt er. Habers Augen flackern nervös. Er tritt dicht an dich heran. „Und noch etwas: Diesen Koffer gibt es gar nicht. Sie haben ihn nie gesehen. In Ordnung? Ich gebe Ihnen zehntausend Dollar, wenn Sie schweigen. Lassen Sie uns von hier verschwinden, bevor die Polizei da ist und Fragen stellt."

Wenn du dich darauf einlässt,
lies weiter auf Seite 69

Wenn du dich weigerst,
lies weiter auf Seite 60

Du triffst deine Gruppe in Las Vegas und zeigst den Touristen einen Tag lang das schillernde Zocker-Paradies. Abends gibt es ein leckeres Barbecue mit Bergen an Fleisch. Dazu werden höllisch scharfe Soßen gereicht.
Am nächsten Tag fahrt ihr zum Grand Canyon National Park. Unterwegs erzählst du einiges über euer Ziel – zum Beispiel, dass der Canyon durch den Colorado River entstand, der sich in vielen Millionen Jahren durch das Gestein gegraben hat.
„Der Grand Canyon ist eine 450 Kilometer lange Schlucht, die zwischen sechs und dreißig Kilometern breit und an einigen Stellen 1800 Meter tief ist", berichtest du. „Aber hier gibt es nicht nur eine sensationelle Landschaft zu sehen … wenn wir ein wenig Glück haben, sehen wir auch Pumas, Kalifornien-Kondore oder Rotluchse!" Und einen Schatz, fügst du in Gedanken hinzu. Aber den werde nur ich sehen …
Für deine zehnköpfige Gruppe hast du zunächst den berühmten „South Kaibab Trail" ausgewählt. Die Strecke ist nur etwa zehn Kilometer lang, führt aber über 1400 Höhenmeter. Doch damit nicht genug. Im Anschluss willst du deine Gruppe in Gegenden führen, die bisher noch kein Tourist betreten hat. Dafür hast du mehrere Übernachtungen in Zelten geplant. Das verspricht Abenteuer pur! Doch als ihr tags darauf aufbrecht, erlebst du eine Überraschung. Ein Tourist hat Turnschuhe statt Wanderstiefel dabei.

Wenn du ihn zurückschickst,
lies weiter auf Seite **71**

Wenn du ihn trotzdem mitnimmst,
lies weiter auf Seite **101**

Treffpunkt mit der Reisegruppe ist ein schickes Hotel in Lower Manhattan. Dort sind die zwanzig Touristen deiner Gruppe untergebracht. Sie stammen fast alle aus Deutschland.
Luca von Winterberg erkennst du sofort. Schließlich hast du gestern im Internet jede Menge Fotos von ihm gesehen.
Bei einem Begrüßungscocktail stellst du dich und das Programm für die nächsten Tage mit einer Powerpoint-Präsentation vor.
„Heute werden wir zunächst einmal Miss Liberty besuchen, die Freiheitsstatue", kündigst du an. Alle sind begeistert. Nur Luca von Winterberg wirkt gelangweilt.

Die Sonne strahlt, als ihr kurz darauf in ein kleines Boot steigt, das euch zu dem berühmten, knapp einhundert Meter hohen Wahrzeichen bringen wird. Es liegt auf einer Insel namens Liberty Island im Hafen von New York.
Das Boot hat „Adventure Holidays" nur für deine Gruppe gechartert. Den Kapitän kennst du. Doch heute steht ein anderer Mann am Steuer.
„Hi, ich bin William", begrüßt er dich freundlich. „Toni weiß Bescheid, dass ich euch heute zur Statue bringe."

Wenn du bei Toni nachfragen willst,
lies weiter auf Seite **24**

Wenn du William glaubst,
lies weiter auf Seite **25**